たすけて、おとうさん

大岡 玲

平凡社

たすけて、おとうさん

はじめに

宮澤賢治の『銀河鉄道の夜』が好きでたまらなくて、小学校三年の夏、それをつたなく真似た物語を書いた。生まれて初めてのその創作経験以来、作品を創る時、ほぼ必ず、好んでいる小説や映画、漫画などなどを頭のどこかに置いて書きすすめる癖がついた気がする。あからさまなパロディをめざす場合もあれば、書いていているうちに、念頭に置いていた先行作品とはほど遠いものに変じてしまうケースもある。だが、先行するすぐれた物語に寄り添いたがる依存心は、当時から現在に至るまで、常に一貫している。

それならいっそのこと、古典的名作のテキストそのものに助けてもらったらどうだろう、とまことに図々しいことを目論んだのが、このページのあとに並んでいる作品である。あるいは、創作というよりきわめて無法な書評という風に考えた方がいいのかもしれない。現在の時間のなかで過去の作品を読み、私の想念に映りこんでいる「今」とその作品のこだまを混ぜ合わせ、そこからなにが出てくるのか眺めてみる。やりたかったのは、たぶんそういうことだ。

文章が童話風の体裁になっていることについては、書き手がわざわざ解説をしなくても、すぐに理由が察知できることと思うので、ここでは言挙げしない。それから、作中で引用した訳文は、英、仏、伊が原文のものは拙訳を使用している。日本の古典については、原文のまま。その他については、底本にした訳書を巻末に記した。また、原作を引用した箇所は太字表記にした。

文芸誌『こころ』に二年間連載している間には、現実との不思議なリンクもいくつか生じた。アイドルを巡る「事件」を描いた数カ月後に、似通ったことが起きたことなどはその典型だろう。しかし、そういう必ずしもめずらしくないシンクロニシティーに驚いたわけではない。むしろ、当世風の俗っぽい話の枠の中に、幾分うしろめたさを感じながら勝手にひきずりこんでしまった古典作品が、現実とシンクロした瞬間、実際の出来事よりかえってなまなましくこちらに迫ってくる感覚があったことの方に驚いたのだった。古典は、まことに畏るべきものであると、あらためて感じいった次第である。

目次

装幀＝佐藤温志
絵＝桑津　透

たすけて、おとうさん

電車に乗ると、今日もきれいな富士山が車窓から見えました。てっぺんにひさしのように笠雲がかかっています。遠目からも、山肌の半分以上が雪で真っ白なのがわかります。絵に描いたように青い空に映えています。遠くから眺めていればきれいですが、そこではものすごくはげしくふぶきのような風が吹きすさんでいるはずです。なにもかもが一瞬で凍るでしょう。セーター一枚ででかければ、すぐに死んでしまえること間違いなしです。

マツキ君は、富士山から目を離して、午前十時の車内をなんとなく見回しました。路線の先にいくつか大学があるせいか、若い人が幾人も乗っています。話をしながら笑いあったりこづきあったりしている女子高生たちだっているのです。でも、多いのはやっぱり、この世にかなり長いあいだ滞在しているひとたちです。ぴちぴちつるつるしてひっかかりのない女子高生の肌や顔の輪郭とくらべると、そういうひとたちのそれは石ころをいくつもぶらさげているような重さを感じさせます。ごつごつしているのに、溶けかけているようでもあるのです。その様子は、マツキ君をひどく変てこな気分にします。ずっと遠く離れた未来から、呪文のように自分の名前が呼ばれ続けている。そんな妙な気持ちになります。

夕勤から夜勤まで通して十四時間働いたあと二時間の仮眠をして、小高い丘の上に建っている学校にたどりつくのは、けっこうたいへんです。朝勤と交代するときに、割りばしで風味をつけた消毒用エチルアルコールを、元気付けにとたっぷり一杯飲んだのもよくなかったようです。煉瓦造りの正門前で、マツキ君はダウンジャケットのジッパーを胸もとまで開けて息を整え、少し痛むこめかみをもみました。

——あ、マツキ君！

もの知らずを売りものにするアイドルのような、間のびした声で呼びかけてきたのは、同じ学部の後輩のマリちゃんでした。ふだんはあまり学校では見かけないのですが、期末試験の時期なので姿をみせたのでしょう。マツキ君はジッパーを元通りに首もとまであげると、えりにもふもふ毛をあしらったスタイリッシュで細身のコートを着ているマリちゃんに歩調をあわせて、いっしょに歩きだします。

——マツキ君、今日は試験あるの？

——うん。応用簿記と民法。

——そうなんだ。

言葉少なに返事をするマツキ君に、マリちゃんはふんふんと軽くうなずき、その動きではずみをつける感じで言いました。

——あのさ、前、企業環境論のaとb取ってたよね。

——うん。

——ノートあったら貸してくれない?

——ずいぶん昔のだよ。

——ぜんぜんへーき。あの先生、毎年おなじだもん。

——明日で間にあう?

——ぜんぜんだいじょうぶ! すっごいたすかる~。まじありがとー!

翌日は学校に用はなかったのですが、これで用ができてしまいました。そうしたら、休学の相談をするのも明日まわしでもいいかもしれない、とマツキ君は思いながら、学務課のある灰白色の建物を眺めました。そのとなりは工事用の壁にとりかこまれた敷地で、その内側では新しい校舎をつくる工事の音がひどくやかましいのです。その音が耳をたたいておっくうな気分を強めます。ひきのばしたい気持ち、なのかもしれません。

マリちゃんと明日の待ち合わせ時間を決めると、借りていた本を返しにひとりで図書館にむかいました。よく知っている教師が、図書館の入口に登る階段のすぐ前に生えている、大きなけやきを見あげていました。

——おお、マツキ君。

——なにかいるんですか？

——ん？　うん、さっきリスみたいな影が……。いやまあ、いいやそんなことは。それよりなんか顔色があまりよくないけど、からだだいじょうぶかい？

——夜勤明けなんで、ちょっと。

——あんまりむちゃな働きかた、しないほうがいいよ。

教師は、遠慮がちな調子でぼそぼそつぶやきます。

——ここの学費と弟さんの学費をつくるのと、あとなんだか借金を返すって二年生になった年に休学したでしょ。あのとき、一度倒れて入院したよね。またあんなことになったらたいへんだから……。なにができるわけじゃないけど、困ったことがあったら……。

——あ、だいじょうぶです。

マツキ君が高校生になるより前に姿を消してしまったおとうさんの借金を返すために、また休学しようと思うんです、とは言いません。言ってもしかたがないということよりも、自分でもなぜそんな風にするのかよくわからないからです。自分にわからないのに、ほかのひとにうまく説明するのはひどくむずかしいのです。三年くらい前にマツキ君と弟を古くて倒れそうな借家（家賃は、だからすごく安いのです）に残して出ていき、男のひととべつの場所でくらしているおかあさんも、マツキ君のやることはさっぱりわからない、と言います。

それに、おとうさんの借金といっても、おかあさんが働いたお金、そしてささやかな額ではありましたが、マツキ君が稼いだお金を合わせたもので、もうほとんど返済しているのです。残っているのは、すべておとうさんが自分のいとこから借りた分です。あれは仲良しのいとこから借りたお金なんだから、返す必要なんかないの。第一、あんなだらしない男が生まれたのは、あっちの血のせいなんだから、むしろこっちがお金を返してもらいたいようなものよ、とおかあさんは吐きすてます。

でも、マツキ君は、そのいとこのひとに子どものころ、何度か東京の郊外にある遊園地につれていってもらっていました。あまり好きそうでもないのに、ジェットコースターにいっしょに乗ってくれました。おかしなことに、マツキ君もジェットコースターは好きではなかったのですが、せっかく乗ろうかと言ってくれたのですから、せいいっぱいの笑顔でうなずきました。遠心力にふりまわされたせいで少し気持ちわるくなったのを、買ってもらった大好きなソフトクリームをなめてなだめたことも、よくおぼえています。そのひとから連絡があって、貸したお金がちょっとずつでも返ってくると助かるんだがなあ、とため息をつかれたのです。

マツキ君は、ときどき自分がこわくてたまらなくなります。いつもはがまんできることでも、ふとしたはずみでふいに目の中まで真っ赤に染まってしまうような気分になってしまうからです。怒りとか、そんな感じでさえありません。ただもう、自分のなかのなにかがやぶれて、あっという間に満杯になるのです。そうなってしまうと、なにがどうなってしまうのかまるでわかりません。高校一年のとても暑いある日にやぶれたことがあります。そのときには、マツキ君をずっといじめていた三人の同級生を椅子でめったうちにしました。椅子がねじまがってこわれ、彼らの骨も何本か折れたあと、マツキ君も校舎の三階から飛び降りてやわらかく整地したばかりの花壇ではずみました。二カ月ちかく病院にいました。

そんな風になったせいでいづらくなってしまった高校を離れたあとは、だから、ずっと用心しています。規則をたくさんつくって、それを守っています。いつも障害物競走をしている感じです。ひとになにかたのまれたら決してことわらない、というのも、そうした決まりごとのひとつです。マリちゃんにノートを貸してほしいとたのまれれば、かならず貸してあげます。百万円ちょうだいと彼女に言われても、ちょっと考えるかもしれませんが、きっと、いいよ（もちろん、そんなお金はないのですが）、と答えてなんとかしようとするでしょう。別にマリちゃんが好きとかそういうのではありません。こわさからのがれるには、それしかないからです。

——ほんとにだいじょうぶ？

ちょっとぼんやりしていたのでしょう。教師が気づかわしげな顔つきで、訊いてきました。

——あ、すみません。店で消毒用のエタノール飲んできたんで、ちょっと頭がいたいんです。

——それって、前に話してくれたコンビニ弁当用の割りばしで味つけしたってヤツだろ？そんなの飲まないほうがいいなあ。研究室に二、三本ちゃんとした焼酎があるからあげるよ。いまいっしょに行くかい？

——いえ、本返すんで、また今度。それより先生、四月からのゼミはなにをやるんですか？

――シラバスにも書いてあるけど、童話の構造についてちょっとやってみようかなあ、って思ってる。ほら、君がまだ一年なのにもぐってくれたゴシック小説のゼミで、一、二回童話にもふれたじゃない。今度は、あれをメインにするつもり。

☆

思いだしました。いえ、三年前のそのゼミのことはずっとおぼえているのです。恐怖小説より童話のほうがこわかったりすることありますよね～、センセイ。と、女の子のひとりが言いだすと、そうだよね～、あるよね～、と女の子の数が多いゼミはにぎやかになりました。マツキ君はどちらかというと、日本のアニメや漫画が子どものころから好きだったので、童話をたくさん読んだりするほうではありませんでした。それでも、魔女だったお妃に真っ赤になるまで焼いた鉄のくつをはかせておどらせるなんて、たしかにすごいと思っていましたし、なにかというとすぐにくびをはねたり、されこうべでボウリングをしたり、ちょっと目をみはるようなところがあるとは感じていました。なによりも、そういうお話にはからりと乾いた味わいがあって、気持ちにしっくりなじみました。

そうなんだよね。ディズニーのアニメになったりすると、白雪姫もピノッキオもぜんぜんこわくないけど、あれだって元はすごいよ、と教師が言いました。え～、白雪姫は魔女がでてくるし毒殺未遂だからまだわかりますけど、ピノッキオなんてこわいんですかあ？　すごいいたずらな木の人形が、冒険してにんげんになる、ってお話だから、なんか明るいじゃないですか〜。と、女の子たちがまたにぎやかにはやします。すると、教師はどことなく得意げにひくひくわらって、そう思うでしょう、でもちがうんだなあ、とこたえます。この中で絵本やアニメじゃないピノッキオの原作をぜんぶ読んだひといる？　いない？　あの童話のこわいところはいっぱいあるんだけど、まずね、もともとはピノッキオはにんげんになる予定じゃなかったんだよね。それどころか、死んじゃうことになってたんだ。

ピノッキオが話題にのぼったとたん、マツキ君はどんよりした気持ちになりました。あまり好きではないお話なのです。いえ、嫌いです。女の子が「木の人形」といったときも、こころの中で「木のあやつり人形」という風につけたしているのです。なんだか得意げに説明をする教師は、もちろん、マツキ君のそういう変化には気づくはずはありません。あれはね、全部で三十六章もあってすごく長い物語なんだ。でも、作者のコッローディが「週刊子ども新聞」に最初に連載したときは、十五章で一回おわってるのね。しかも、主人公のピノッキオは悪者の狐と猫に殺されちゃうんだよ。タイトルもまだ『ピノッキオの冒険』にはなっていなくて、『あるあやつり人形の物語』っていうんだな。

おかしな夢を見るのです。ひょっとすると、夢ではないのかもしれません。眠りにひきこまれる寸前とか、めざめかけて、でもまだはっきり意識がもどっていないようなときに、あらわれるのです。マツキ君は溺れています。海なのか川なのか湖なのかどこなのか、まるでわかりません。もがいている手がはねあげるしぶきが目に入って、視界がぼやけています。それでも必死で目をこらすと、にじんだ景色のなかに石がごろごろころがっている岸が見えます。しま模様のあるおとなの背丈ほどの赤茶けた岩に、だれかが寄りかかって笑っています。大きな口をあけて笑っているのです。ときどき身をおるようにしている様子は、腹を抱えて笑っている、という言いかたそのままです。おとうさんです。

あーっはっは、アイツ溺れてるよ、あははははは、溺れてる、あやつり人形みたいにばたばたあばれているよ、あっははははははは。おとうさんの甲高い声が響きわたります。マツキ君は必死で手足をばたばたさせて、おとうさんに合図をします。**たすけて、おとうさん、たすけて**。でも、声にはなりません。口のなかにがぼがぼ水がはいってくるので、声を出そうにもできないのです。水は冷たいはずなのですが、夢なのでそうは感じません。でも、こわくて不安でたまりません。口から心臓が飛びだしそうです。水面から顔を出していられるのもあとわずかなのだ、とはっきりわかります。ひどく高い熱にやられてしまったとき、くるしさがあんまりひどくなると宙に浮いたような感じにおそわれることがあります。あんな感じです。いつまでも笑っているおとうさんの姿も、目に入るしぶきのせいなのか、それとも涙のせいなのか、ずんずんうすれていきます。マツキ君は沈んでしまって、それから浮かびあがります。目がさめるのです。

たいていは汗をかいています。夢のなかと同じに鼓動もものすごくはやくなっていて、気持ちがわるい。それでも、おきあがるのがこわくて、しばらくじっとからだをまるめてこらえます。しびれるような感覚が消えるまで待って、やっとふとんから這いだすのです。あんなことがほんとうにあったのおぼえている、ということなのでしょうか。いいえ、記憶ではなくて夢のようなものなのですから、ぜんぜんたしかなことでないのははっきりしています。景色だって、岩の模様だけはいつもいっしょですが、生えている草は青々としていたり、黄色くしなびていたり、丈《たけ》も高かったり低かったりいろいろで、季節もなにもまるでばらばらです。

シーツをかぶった背の低いお化けの大群に追いかけられる夢も、おなじように時々見ます。やっぱり目がさめてしまい、汗もかきます。シーツをかぶったお化けなんているはずはありませんから、ただのわるい夢に決まっています。溺れる夢も、だから、あったことなんかじゃない。マツキ君は、そうやって断言しようとして、そうしていながら、しつこくしつこく記憶をほりかえしもするのです。そして、けっきょくなにも思いだせません。そんなことをしたあとは、いつもきまってなんだかもうしわけないような、うしろめたいような気分になります。

うめあわせみたいに、おとうさんに汎用人型決戦兵器がでてくる大好きなアニメを見に連れていってもらった思い出をひっぱりだします。とても混んでいて席にすわれませんでした。うしろで立っているしかないのですが、小学二年生のマツキ君には画面が見えません。すると、おとうさんがかたぐるまをしてくれました。ほかにもそんな子がいます。まわりのおとなよりあたまひとつ高くなって、画面がそれはもうはっきり見えます。マツキ君は夢中で、おとうさんが下にいることなどすっかり忘れて映像に没頭しました。いま考えると、そのころでも二十キロ以上体重があったはずですから、きっと重かったにちがいありません。しかも、ほんとうのことをいうと、マツキ君はおとうさんがどんな風に映画館に連れていってくれたのか、かたぐるまをしてくれた瞬間やおろしてくれた瞬間にどういう様子だったかといったことは、まるっきりおぼえていないのです。はっきり記憶しているのは、映画の中身だけです。あのときは、おとうさんを操縦していたのかもしれない。そんなおかしなことを考えることもあります。

ピノッキオは、いわばおとうさんといっていいジェッペットさんが、上着を質に入れて買ってくれたＡＢＣの練習帳を売りとばして、人形芝居を見にいっちゃう。で、そこですごくこわい目にあうんだけど、なんとか切りぬけて、かえってお金をもらうんだ。ところが、上着がなくなって寒さにふるえているジェッペットさんのもとへ、お金を持って帰ろうとするとちゅうで、それを巻きあげようとたくらむ狐と猫にだまされて、また変なほうに迷いこんでしまうわけだ。で、強情にお金をわたそうとしないピノッキオは、おこった悪者ふたりにしばり首にされ、息もたえだえこんな風にいうんだね。**ああ、おとうさん！　おとうさんが、ここにいてくれたらなあ……**。とまあ、こうしてあわれなあやつり人形は一巻のおわり、というわけです。

えー、もうそれ完全に読者からブーイングですよねえ、主人公ころしておわりの童話なんて、ムリムリ〜、と、また女の子たちがさわぐなかで、マツキ君はおどろきで身をかたくしていました。夢を見るようになったあと、しのび足で歩くようにピノッキオの全訳というものを、実は読んでいたのです。でも、ピノッキオがつるされる場面は、妖精のおかあさんがうまく登場するためのしかけだとしか思っていませんでした。よくあるストーリー展開。でも、そうじゃなかったんだ。ぞうっとさむけが背中をはいあがってきます。**おとうさん！　おとうさん、たすけて……。**

うん、当然子どもたちは、もう大ブーイング。ほかにも理由があったのかもしれないけど、作者のコッローディはものがたりを再開したわけ。ただね、十五章まではつくりがきっちりしていて矛盾もないんだけど、後半はノーアイデアだったのか、いろいろつっこみどころがあるんだ。でもさ、おかしいでしょ？　ピノッキオが人間になる決心をするのなんて、二十五章になってやっとだからね。イメージとちがわない？　それにね、と、教師は話がとまらなくなっています。

十五章でおわらせた裏側には象徴的な意味があったんだと思うんだな、ぼくは。たとえば、ピノッキオをつくったジェッペットさん。あの名前は、ジュセッペっていうイタリアではありふれた名前の愛称なんだけれど、そのジュセッペは、ヨセフというヘブライ語起源の人名がもとになってるんだね。みんなは知ってるかどうかわからないけど、ヨセフって救世主イエスのおとうさんなんだ。もちろん、イエスは神の子だから、ヨセフはこの世の仮のおとうさんてわけだ。でね、このヨセフは大工さんで、イエスも布教活動をはじめるまでは大工を職業にしてたと、マルコの福音書には書いてある。そして、ジェッペットさんも大工さんなんだな、これが。

ようするに言いたいのは、ピノッキオは裏イエスキリストなのだ、ということのようでした。その証拠に、ピノッキオがしばりくびにされてしまう大木はカシの木で、イエスが架けられた十字架の素材もカシの木だという伝承があるのだそうです。そして、十字架に架けられたイエスはいよいよ命がつきるというときに、天によびかけます。神よ、父なる神よ、なぜわたしをお見すてになられたのですか？　でもね、イエスが息絶えたすぐあと、処刑場にはりめぐらされた天幕にかみなりが落ちて燃えだして、おまけに大地はものすごい地鳴りとともに揺れたんだ。父は見すててないぞという……。えー、死んじゃったあとじゃイミないですぅ。いやいや、肉体はたんなるたましいのいれものだからべつにいいわけよ、これは。それにくらべると、初期型ピノッキオは気の毒だよ。おとうさんはあらわれないんだからね。

そのあとも、教師はピノッキオが人間になってもあんまりいいことはなさそうだとか、作者は無慈悲でむとんちゃくな運命のあやつりの糸にむすびつけられた人間の、かなしみとささやかな抵抗について書こうとしたんだとか、いろいろ言いました。その声は、マツキ君の耳には、ぼわんぼわんと洞窟のなかのこだまのようにしかきこえてきません。遠いむかしの時間の底からも、この世のすみずみからも、**たすけて、おとうさん**、という声がずっとたちのぼっているのです。おとうさんは、どこにいるというのでしょう。マツキ君は、小さい声でことわって教室をでました。トイレで吐きました。手を洗うときに鏡にうつったのは、青くしなびた見知らぬ自分でした。

☆

マリちゃんにノートを渡した日も、休学の相談はしませんでした。そのまま相談をしそびれたまま、春休みになりました。しりあいのうちに泊めてもらっているとかでしばらく姿を見せなかったおとうとが、ふらりとあらわれると、オレ、ワーキングホリデーでニュージーランドに一年くらい行ってくるから、とだけ告げていなくなりました。なんの手いれもしていない古家や庭が、いっそうがらんとした感じで、ひえびえしてきます。めずらしくおかあさんから電話がかかってきたのは、そんなひえびえがみぞれでうわぬりされた朝でした。ちょっぴりあたたかくなるような気分でおかあさんの声を待ちかまえます。マツキ君の名をしりあがりに発音するその声は、でも、まるみがなくげっそりしています。すこし間があいて、アンタのおとうさん、死んじゃったんだ、と言いました。

ちゃんときこえていてもききとれないことばがあります。それは、そういう種類のことばでした。なにしろおとうさんとは、もうずうっと会っていないのですから、友だちのおとうさんで名前しかしらない、会ったこともないひとがなくなった、という風にきこえるところがあるのです。それなのに、足全体からすうっとちからがぬけて、マツキ君はゆかにすわりこみました。おかあさんは、抑揚なくぼそぼそと説明します。ほんとうのところはまるでうけとれないのですが、それでもことばが示していることがらだけは、マツキ君のあたまのなかに積まれていきます。

おとうさんは、東京からそれほど距離が離れてはいない、でも、電車でいくと三時間以上かかる海辺の街でなくなったとのことでした。海からまぢかな倉庫のわきに、なぜか服をぜんぶ脱いできちんとたたんで、はだかでよこたわっていたのです。だれかにどうにかされた、ということではないというのが、警察の見解だそうです。もっとも、めったにひとがいかないところだったせいで、見つかったのはなくなってから数カ月たってからなので、どうしてなくなったのかくわしくわかるわけではないのですが。そして、もうほとんど骨になっていたおとうさんの身元調べは、「遺留品」からたどっておかあさんにたどりつきました。それがもう、一カ月ちょっとまえのことだと、おかあさんはマツキ君に告げました。

舌べろがタオルのように厚ぼったくなりました。自分の舌ではないみたいです。そんなにまえなんだ……。目のなかに赤みがさしのぼってくる気がして、深呼吸をします。マツキ君の視界がそうなるにつれて、おかあさんのぼそぼそ声もだんだんヒステリックな音質になってきた気がします。骨になったおとうさんに会ってもしかたないので、昔通っていた歯医者さんにたのんで、警察に歯の写真やカルテを送ってもらったといいます。それをもとに、警察がたのんだむこうの歯医者さんがみわけをつけて、おとうさんであると決まったのです。こういうときにそういうことをするという知識は、マツキ君も持っていました。ただ、それが自分の生活に入りこんでくるとは思ってもいませんでした。

おかあさんは、おとうさんに会うために海辺の街にいくのは、どうしてもどうしてもいやだったので、すごく強情をはって、お金も払うことにして、すべてをむこうの警察と役所におしつけたのだといいます。きのう、むこうのお葬式やさんが、骨のおとうさんをお骨《こつ》にしたそうです。おかあさんは「遺留品」なんか見たくないし、お骨を連れ帰るのもまっぴら、と言います。放っておいてぜんぜんかまわないけど、もしアンタがお骨をあのひとのもとの家のお墓に入れてやりたいなら、行っていろいろな紙に署名したり印を押したりしてくれればいいから。そうだ、相続放棄もしとかないと。ああ、もうたくさん！

たくさん、をあずけるだなんて、そんなむちゃくちゃがゆるされるわけないだろ！　と、自分がおかあさんにむかってどなりたいのだとマツキ君も思うのですが、そうしたところでどうにもならないことはよくわかっています。それから、自分が出かけていくにきまっていることもわかるのです。そんなわけで、翌日の朝、まだうす暗い時間に駅に立っていました。通勤のひとで満員になった電車にのるのは、今日にかぎっては気がすすみません。だから、早くにでてきたのです。それでも、おとうさんが昇天した街につくのは十時近くになります。

電車をいくつかのりかえるころには、あたりはすっかり明るくなっています。みぞれがふったきのうとはうってかわって、真っ青な空がひろがっています。とてもいい天気です。大きな駅をいくつも過ぎ、やがてある駅からは単線になりました。海岸線にそって走っていくのですが、トンネルもいくつかくぐります。もっとあたたかくなるころには、あたりは緑にうもれるはずです。海が見えます。大小たくさんの船が行き交い、海のうえは少し風もあるのでしょう。波頭が白い。そして、大きな湾の対岸のさらに彼方には、富士山の姿があります。平地はいくぶん春めいてきましたが、山肌の半分以上がまだ雪で真っ白です。

なにかを考えなければいけないような気がするのですが、うまくいきません。あたまがほどけてしまったようです。ただ呪文のように、困ったなあ困ったなあ困ったなあ、というつぶやきがひびいています。でも、眉間にしわをよせて、なにが困っているのかちからをこめて寄り目になってみると、実はあたらしく困っていることなどなんにもないのです。おとうさんが死んでしまって、すごくびっくりしましたし、なにかこういきなり洗濯機になげこまれてぐるぐるまわされてしまったようなめまいはありましたけれど、それだけです。困っているのだとすれば、それはいままでもずっと困ってきたことで、これからもきっとずっと困っていくことなのです。ということは、べつになにも変わりがないということなのでした。

駅前のこぢんまりした広場から、海とは反対側に歩いていくと右手に公園がありました。おじいさんおばあさんのグループが、グラウンドゴルフをしていました。左手に行くと、役所です。受付で福祉課はどこですか、とたずねるとていねいに教えてくれました。福祉課の係りは、すっぱそうに口をすぼめてしゃべるひとです。すっぱそうな早口でおくやみのことばを言ってくれます。それから何枚か書類に目をとおして確認をし、署名をしたりハンコをついたりお金をはらったりしました。保管してあった「遺留品」をもってくるまえに、すっぱいひとは白い手ぶくろをしました。

書類とつきあわせて確認をするあいだ、マツキ君はそれらの品をずっと視野のまんなかにはおきませんでした。雨風《あめかぜ》にさらされて白茶けた衣類やくつ、期限がとっくに切れた運転免許証(写真はおとうさんでした)、かたちのくずれた札入れ、千三百五円のお金が入った茶封筒。免許証以外まったくなじみのない、「見知らぬひと」の持ちものでしかないそれらをふろしきにつつみました。そして、それをさらに大きめのスポーツバッグにつめました。今度はおとうさんのお骨です。こうしたお骨の保管を町が委託している納骨堂には、バスか車で行くしかありません。マツキ君はすっぱいひとにお礼を言って、役所をあとにしました。納骨堂方面行きのバス路線は、そのままおとうさんがなくなった場所にまでのびています。風もほとんどないおだやかな午後です。ごはんを食べる気にはなりませんが、おとうさんの昇天場所には行ってみよう、と、こころを決めました。

箱に入った骨つぼは、やはりふろしきにつつまれてスポーツバッグにおさまりました。つめてきた古タオルと「遺留品」のクッションにはさまって、バッグのまんなかで安定しています。一時間に一本のバスはゆらゆらと丘のうえの納骨堂前から海にむかってくだり、やがて太平洋にそった道にでます。南国のようにヤシの木が並木をつくっています。東京よりずっとあたたかいし、なによりすかっと風通しのいい景色です。すがすがしい。こんな場合だというのに、マツキ君はすこしのんびりしてきました。

猫石という面白い名のバス停でおりました。海の側には白い灯台が立っているのが見えます。バス停から二百メートルほどさらに先に歩いたところに、赤さびた屋根のおおきなプレハブ倉庫が建っていました。その建物の南西奥のところにおとうさんはよこたわっていたのです。ゆっくりそちらにちかづき、倉庫のかどをちょっとまわりこみます。警察の調書に書いてあったのは、そこのようでした。廃材が不規則にころがっていて、ブロックの塀のむこうは雑木林です。そんなに長いあいだおとうさんが見つからなかったのがふしぎなような場所でした。

どんなかっこうでたおれていたのか、ちらっと想像してみました。あかんぼうのように身をまるめていたんじゃないか、と思いました。おとうさんも、**たすけて、おとうさん**、と呼んだのでしょうか。おとうさんは、おとうさんのおとうさんとはあまり仲がよくなかったようにおぼえています。マツキ君は、だから、おじいさんの家に行ったことが数えるほどしかありません。そして、おじいさんは、マツキ君が小学生のうちになくなりました。おとうさんのおかあさんはもっとはやくになくなったそうです。

たすけてといわれてもたすけられることなんか、ほとんどないのです。ちょっとでもだれかの役にたつというのさえ、絶望的にむずかしいとマツキ君は感じます。人間になって、金貨四十枚を妖精からもらったピノッキオはしあわせにくらしたのだろうか、だれかの役にたったのだろうか、だれかをたすけたのだろうか。ぼんやりとそう思いました。あたたかいのですが、無意識にダウンジャケットのえりもとをかきあわせてジッパーをあげました。

ふいに、視野のはしでなにかがもごもご動くのに気づきました。ふといミミズです。陽気にさそわれてはいだしてきてしまったのかもしれません。でも、ちょっとはやすぎたようです。身動きわるくうごめいているうちに、アリのむれにつかまってしまっていました。たくさんのアリにたかられて、ミミズははげしくもがいています。もがきながらじりじりと巣穴のほうに運ばれていきます。まるでお祭りのように見えました。

ちんちんかゆかゆ

西瓜《すいか》で困ったことになるなんて、ふつうはあんまり想像しません。だから、秘書経由で地元の市長から連絡を受けた時のコウタロウ君の最初の感想は、市議会で西瓜ってなんだ？　なんでそんなことが質問になるんだ？　でした。いえ、それだけではなくて、今どきの西瓜は大玉ひとつで八千円もするんだ、という驚きもありました。そういえば、一玉六十五万円などという値がついた西瓜があったっけ、などと思いだしもしました。

事情がよく飲みこめないうちは、モノが西瓜だけに、厄介のタネとでも洒落てみたらどうだろうなどと、下手な噺家《はなしか》みたいに冗談を口にしようかと思ったのですが、説明を聞いていると、どうも西瓜のタネをぷいぷいと器用に口から吐きだすようには処理できないらしいと、だんだんわかってきました。全体の流れが、とてもいやな感じなのです。

夏祭りの花火大会を盛大にやるので、県内外で有名な海水浴場があります。そろそろ海開きのイベントが近づいていました。観光客もずいぶん訪れます。観光協会のだれかが、田下井《たげい》町の黒西瓜でスイカ割りをしよう、と言いだしました。なんでも、二年ほど前に売りだしたブランド西瓜で、市でも県でも全国的に有名にしたいらしいのです。海開きで盛大に、たとえば百個くらいを市内の小中学生に割ってもらって、来場者に食べてもらったら話題になるんじゃないか。真っ黒西瓜の百個唐竹割り！　おおっ、すごいよ、壮観だ！　新聞のほのぼの記事にピッタリだ。と、そんな風に盛りあがったのですが、でも、もちろんお金のことは忘れることはできません。予算どうするの？

「にぎわいづくり企画推進費」の枠は先の予定もあっていっぱいですし、「まちづくり活性化促進事業費」もダメなのです。商工会議所からの寄付はどうなのかという話になると、それまで元気に声を出していた人たちが、すうーっとしずかになって伏し目がちになってしまいます。しかたがないなあ、それじゃあオレがちょっと仕込んでみるよ。と、ちょっと得意げに鼻をならした初老のオジさんがいました。コウタロウ君のおとうさんの事務所に、昔からよく出入りしていた人なので、よく知っています。

市長の話がそのあたりまでくると、あとのなりゆきはだいたい読めたので、コウタロウ君は顔をしかめました。オジさんが「仕込んだ」先は、土木関連では県内大手の会社なのです。もっと正確に言うなら、オジさんが話をした先はその会社ではなくて、コウタロウ君のおかあさんです。おかあさんは、おじいさんが作って、さらにおとうさん（コウタロウ君にとっての、おじいさんです）が大きくした建設会社の株をたくさん持っています。そして、その会社の分家のひとつがその土木会社なのです。西瓜百個の協賛なんて、県内大手の会社にとってはどうということはありません。

でも、具合が悪いのは、コウタロウ君の最近の立場なのでした。海開きの告知ポスターは、まだ発注されてもいなかったので、野党側の市議がどこで西瓜のタネ、いえ、ネタをつかんだのかはわかりませんが、議会で市長にかみついた真意は西瓜ではないのでした。

あー、たしかに市の財政から高額な西瓜の代金を拠出するということは、市民の貴重な税金を無駄遣いしないという観点からは許されることではありません。したがって、協賛金を募るのは、決していけないとは思いません。企業側からのボランタリーな協賛金であれば、それをどのように使おうが、海開き実行委員会の裁量にまかされているというべきでしょう。が、しかし、その私企業の事業計画と県の、そしてわが市の地域防災計画修正案との間にきわめて密接な関わりがあるという事実から見た時に、かならずしも今回の協賛行為が純粋な意図のみではないのではないかという疑義が生じてくるのであります。さらに、その私企業は、先般週刊誌等でも指摘されましたとおり、国政において長年大きな影響力を保ちつづけている県内の名家と強い関係性を有しているのでありまして、海開き実行委員会に、当該計画に関わる国会議員の関係者が名を連ねておる事実を考えあわせますと……。

たしかにコウタロウ君は、このところ参議院で災害対策特別委員会の委員長を務めています。でも、だからといって、自分の選挙区がある県の、それも身内みたいな会社に露骨な利益誘導なんかするわけがありません。しかも、市の管轄する部分だけでも、防潮堤の建設および整備・かさ上げの総工費二百八十三億円。そのうち、くだんの土木会社が請け負うのはその四分の一ほどです。そのお礼が西瓜百個だなんて、ばかばかしくて笑いも出ません。野党側の市議だって、コウタロウ君の存在を匂わせることを言ったようですが、本気だとは思えないのです。

ただ、もちろん、コウタロウ君の一族タチバナ家が、いろいろな意味で「影響力」を持っているのはたしかなことでした。コウタロウ君の母方のひいおじいさんに当たるアキフサさんが建設業を成功させ、多額納税者として貴族院議員になった大正の終わり頃から、タチバナ家出身の政治家はずいぶんいます。かなり前になくなったコウタロウ君のおとうさんもそうでしたし、今はおとうさんの弟が衆議院にいます。コウタロウ君にとって叔父さんにあたるそのひとは、やはり衆議院議員で何度か大臣も務めたおとうさんの地盤の選挙区を継いだのです。おかあさんは、参議院のコウタロウ君を近いうちに衆議院にくらがえさせようと、叔父さんに働きかけをしているようですが、叔父さんは乗り気ではないようです。時折顔を合わせると、一瞬なんだかいやな顔つきでコウタロウ君を見ます。

コウタロウ君としては、くらがえなんておっくうだなあ、というのが正直なところです。もともとコウタロウ君のおかあさんとはソリが合わない奥さんだって、いやがると思います。東京で好き勝手なことばかりしていて、地元への「会釈」が足りないと、これまでも何度もおかあさんから叱責され、ふたりの仲は最悪です。政治家の奥さんになるつもりなどなかった、というのが奥さんの口癖なので、まあ、しかたありません。

というか、そもそも自分みたいに引っ込み思案でびくびくしている、ごくごくふつうの人間が議員などになっていることが変なのだ、とコウタロウ君はしょっちゅう感じています。落ち込むと、特にそうです。政治家なんて、やっぱりどこかふつうじゃないヒトがやるものなのに。時々、ぐったりするようなおかしさがこみあげてきて、バカ笑いしそうになります。ちんちんかゆかゆ。

市長の話を聞き終わって、コウタロウ君は、だれかがうしろで画策しているのかなあ、と感じました。西瓜だけだったら、別に質問なんかされもしなかったでしょう。でも、政党支部を使って西瓜の土木会社から二千万円ほど迂回献金をさせたことを、政治献金の不正をただす市民団体に、二カ月ほど前に指摘されてしまっています。たたみかけるようなタイミングなので、見張られているのかもしれません。

おかあさんには、よく言ってきかせる必要がありそうです。迂回献金だって、いくら選挙が近いからといっても、工事の請負が決まってすぐではまずいと伝えてあったのに、おかあさんが、タチバナ家のものをタチバナ家で使うんですからなんの遠慮がいりますか、と押しきったのです。ちんちんかゆかゆ。おかあさんは、歳のせいか、自分でなんでも采配したがる癖が、なおさら悪いほうに変調してきたような気もします。

☆

中学二年の時、コウタロウ君は教科書で「走れメロス」という作品を読みました。主人公は、単純すぎてバカみたいだし、描かれている友情もうさんくさいし、いったいこれのどこが名作なんだろうと不思議でした。あんまり不思議だったので、ついついダザイ・オサムの作品を読むようになってしまいました。いろいろ読んで、面白かったりぜんぜん肌に合わなかったりした中で、そのあとずっと頭の片隅に残って消えなくなってしまったタイトルの小説がありました。「トカトントン」というものです。

ダザイが自殺する前の年の昭和二十二年に発表された短篇で、郵便局につとめている読者の青年がダザイらしき作者に手紙を出した、という体裁です。青年は、困っているというのです。兵隊だった彼は、昭和二十年八月十五日玉音放送のあと、整列した兵隊たちの前で若い中尉が演説するのを聞きました。軍人はひきつづき抵抗して最後は自決せよ。そういう話でした。青年も、そうだそのとおりだ、死のう、**死ぬのが本当だ**、と思ったのです。

と、その瞬間、背後の兵舎のほうから、誰かが金づちで釘を打つ音がかすかに聞こえてきました。**トカトントン**。すると、目からうろこが落ちるように、悲壮も厳粛も一瞬で消え、どうにも白々しい気持ちになってしまったのでした。以来、なにごとかに感激したり、奮い立とうとしたりすると、そのたびにどこからともなく**トカトントン**。金づちの音が聞こえてきて、なにもかもばからしくなってしまうというのです。伯父さんが局長をつとめる郵便局に入って、真面目に働いているのですが、働いても恋をしてもやっぱりトカトントン。

もう、この頃では、あのトカトントンが、いよいよ頻繁に聞え、新聞をひろげて新憲法を一条一条熟読しようとすると、トカトントン、局の人事について伯父から相談を掛けられ、名案がふっと胸に浮んでも、トカトントン、あなたの小説を読もうとしても、トカトントン、こないだこの部落に火事があって起きて火事場に駈けつけようとして、トカトントン、伯父のお相手で、晩ごはんの時お酒を飲んで、も少し飲んでみようかと思って、トカトントン、もう気が狂ってしまっているのではなかろうかと思って、これもトカトントン、自殺を考え、トカトントン。

青年は手紙で訴えるのです。この音からのがれるにはどうしたらいいのか、お返事ください、と。コウタロウ君は、作者がどんな答えを用意しているのか興味津々でした。すると、その答えはこんな風でした。

拝復。気取った苦悩ですね。僕は、あまり同情してはいないんですよ。十指の指差すところ、十目の見るところの、いかなる弁明も成立しない醜態を、君はまだ避けているようですね。真

の思想は、叡智よりも勇気を必要とするものです。

そう言ったあと、作者はマタイ伝の第十章を引用して、身も霊魂《たましい》もゲヘナで滅ぼせる者を畏敬せよ、そうすれば幻聴は止む、と書いているのです。そうなると、ダザイは身も心も滅ぼすために死を選んだのでしょうか。それが勇気だとでも？　よくわかりません。ただ、コウタロウ君には、手紙を受けとった作者のほうが、青年よりもずっと気取っているように思えてなりませんでした。たましいなんて、若き日のコウタロウ君にはまるで実体感がないことばでした。もちろん、今ではもっと実体感がありません。なんだか、どうでもいいような、なげやりなものに感じられます。

でも、そうかといって、肉体が実体感があるかといわれれば、かならずしもそうではありません。もちろん、中学生だった頃のコウタロウ君は、食欲旺盛でしたから、おなかが減れば胃ぶくろがきゅうっとしぼられるような感覚はありましたし、歳をとった今みたいに腰痛でアイタタタなんてことはないにしても、風邪ぐらいは引いて、その時には呼吸が苦しかったり頭が痛かったり、肉体っていうのはいろいろ困りものだなあ、という程度の感慨は持ちました。ただ、だからといって、それが実体感かといわれれば、たましい同様ひどくあやふやでした。

ただ、「トカトントン」を読み終わったとたん、コウタロウ君にとり憑いてきたモノがありました。それは、「ちんちんかゆかゆ」です。どうしてそんなことになったのか、まるで不可解です。ひょっとすると、読み終わった時、いつにも増してなまぬるく窮屈な、頭が天井につっかえているような、一メートル四方のダンボール箱に詰めこまれているような、そういうすっきりしない気分だったからかもしれません。

もちろん、ちんちんかゆかゆはまったく未知のモノとして突如出現した、というわけではありません。小学校五年の春、クラス替えでなんとなくともだちになったイズミ君が口にしていたことばです。五月のよく晴れた昼休みでした。給食を食べて、水を飲みに廊下にでてきたコウタロウ君を、イズミ君が、どことなくにやにやとゆるんだ笑顔で誘いました。タッチン（タチバナなので、コウタロウ君はそう呼ばれていました）、登り棒やろうぜ！　え、登り棒？　なんで？

コウタロウ君は、高いところがそんなに好きではありません。新しくできた体育館で、体育の授業中にやらされるロープ登りも、登れないわけではありませんが、苦手です。休み時間に、わざわざ登り棒なんて考えられません。ですから、イズミ君の誘いにちょっと迷惑そうな顔をしたと思います。すると、イズミ君が顔を近づけてきて、さも重大な秘密を打ち明けるようにささやいたのです。ちんちんかゆかゆだよ。すごくきもちいいんだぞ。やろうぜ。

そのささやきには、なにかずんと下腹部に響いてくるいやらしい甘ったるさがありました。具体的にはそれがどんな風なことがらなのかよくわからないのに、すごくはっきりどういうきもちよさなのかは想像できました。想像できすぎたかもしれません。登り棒で具体的にどんなことをするのか知りたい、という強い衝動はありました。でも、コウタロウ君をひきとめてしまう、あらがいがたい力がありました。それは、ふりきることができない、ふりきることを禁止されている力でした。ものごころがついたころから、ずっとコウタロウ君をおおっている力なのです。すくなくとも、小学生のコウタロウ君には、そうとしか感じられませんでした。もしかすると、おとなになってからもそうなのかもしれません。

コウタロウ君が、固い顔つきで頭を横にふり、行かない、と答えると、イズミ君はあごをすこしあげてバカにしたように、へーん、気取ってらあ、と言いすてて、廊下を走っていってしまいました。コウタロウ君は、ひどくひしゃげた気持ちをかかえて、水も飲まずに教室にもどりました。女の子たちが、きゃあきゃあ笑い声をあげながら、おたがいこづきあっています。その中には、コウタロウ君が気になっている子もいます。でも、イズミ君に馬鹿にされてしまった今、そちらに近寄っていくことなどできる話ではありません。

寄贈された本が並んでいる棚を見るようなふりをしながら、窓から校庭を眺めます。都心部にある小学校としては比較的広いその校庭の南東のはしに、上部が六角形をなしている登り棒が立っています。そのうちの一本の登り棒をもう登りきって、横棒に両手をかけています。イズミ君だけではありません。モッちゃんもボンサンもミスミ君もマサシもヤマちゃんも同じく横棒につかまって、両足を縦棒にからめてこすりつけるように動かしています。下で見あげて待っている男の子もいます。半ズボンをはいた奇妙な自動人形が、鈴なりになって股間を棒にこすりつけている。そんな風景です。

かなり離れてはいましたが、コウタロウ君にはイズミ君の横にひらいた鼻の孔が、ふがふがとうごめいているさまや、ひたいにうっすら汗がにじんでいる様子さえ見えるような気がしました。ちんちんかゆかゆ、ちんちんかゆかゆ、ああ、きもちいい。誘いをことわってしまった以上、もうこの学校でちんちんかゆかゆをやるわけにはいかない。おかしな自尊心が、コウタロウ君のくちおしさをなおさらひりひりさせました。

「トカトントン」を読むまでは、ちんちんかゆかゆはきちんと記憶の奥のほうにしまいこまれていたのです。何度か夢精で下着をごわごわにしたあとは、自分の手で射精することもおぼえました。そういう用途で使う雑誌を手に入れるやりかたも、隠しかたもおぼえました。べつに登り棒に股間をこすりつけたりしなくたって、きもちよくなることはできるのです。けれど、きっといちどきずつけてしまった勇気は、それ自体としては二度ととりもどすことはできないのです。もっとも、それが勇気といっていいものかどうかはわかりませんが。

もうひとつ、ちんちんかゆかゆの出現には、おかあさんが深くかかわっているようにも感じられます。選挙にいつも圧勝というわけではないコウタロウ君のおとうさんをたすけるために忙しくしているくせに、うかうかしているとコウタロウ君の動静を、お手伝いさんなどを通じてつぶさに把握していたりするので油断できません。都合のいいドラマみたいでびっくりしたのは、厳選して隠してあった雑誌をある時すべて摘発され、かわりにそれほどは興奮しないグラビアにぜんぶとりかえられていたことでした。それからは、コウタロウ君は、あまり具体的なものできもちよくなることをひかえるようになりました。そうこうするうちに、ちんちんかゆかゆにとり憑かれてしまったのでした。

以来、思いどおりにならないことがあるたびに、きまってちんちんかゆかゆが頭のなかで響きます。プランクトンの研究ができる大学に進みたいと申しでて却下されちんちんかゆかゆ、あまり裕福ではない勤労家庭の女の子が好きになり、一緒になりたいなんてとんでもないと言われてちんちんかゆかゆ、用意されている学位をアメリカに取りに行けといわれてちんちんかゆかゆ、おとうさんの秘書になるなんてごめんだと言うことができずちんちんかゆかゆ、どうせ政治家にならなきゃいけないのなら、どこか遠くの見知らぬ土地で立候補したいと言いそびれてちんちんかゆかゆ、お酒を飲んでも暴れられずにちんちんかゆかゆ、いろいろ勉強して専門の公共事業政策からマクロ経済、外交政策にいたるまで、なんにでも通じている政策通とか言われてみても、ちんちんかゆかゆ、愛人をつくってみてもなんだか面白くなくてちんちんかゆかゆ、別れる慰謝料をなぜだかおかあさんが払っていてちんちんかゆかゆ。

よく考えてみると、ちんちんかゆかゆがあとからくるのではなくて、むしろちんちんかゆかゆが頭のなかで響くようにコウタロウ君は行動してしまっているのかもしれません。本末転倒というのは、まさにこういうことなのでしょう。ずうっと自分に罰をくらわしているような感じですが、そんなのは甘ちゃんの自分勝手でもあるのです。それはよくわかっていることでした。

狭くて湿った窮屈な箱にはいるのが、ことのほか好きな大馬鹿者。このごろ度が過ぎるお酒を飲みながら、そう内心でつぶやくと、おなじみのぐったりするような笑いがこみあげてきて、ちんちんかゆかゆがどこからかお酒のグラスの横に転げだしてきます。コツンと音をたてたりします。すごく黒々していて黒曜石みたいにつやつや光っています。

そういえば、ダザイも地方の裕福な政治家の家の出身でした。そのことを変に意識しながら、心中をしてみたりして、相手を死なせたり、果ては自分も死んでしまったのでしょうか。

☆

おかあさんは、叔父さんを毛嫌いしています。おとうさんが生きているころからそうで、性根がなまけものでずるいところがある、と、おとうさんにさえはっきり言い放っていました。お婿さんのおとうさんは、そんなおかあさんの剣幕にあらがうでもなく、眉をしかめて無表情でだまっていました。たしかに、おとうさんよりだいぶ年下の叔父さんは、留学をするのでもなく、アルバイトだとかクラブ活動にせいをだすとかそういうのでもなく、ただぶらぶらしながら七年かかって大学を出て、おかあさんがどこまでも誇りにしているタチバナ家のファミリー企業に就職しました。

そんな叔父さんを、おかあさんが反対するのを押し切って、おとうさんは私設秘書にしました。コウタロウ君が高校に入った年でした。もしかしたら、からだがだんだん変調していることに気づいていたのかもしれません。それからちょうど十年、コウタロウ君が大学を卒業して国土交通省に入り二年目の夏がめぐってきたとき、おとうさんは心臓発作でなくなりました。おかあさんはすぐにもひとり息子のコウタロウ君を、おとうさんの後継に立てようとしました。でも、いくらなんでもそれはムリだという後援会の説得もあって、しぶしぶ叔父さんに地盤をまかせたのです。でも、コウタロウ君の用意ができたら地盤をもどす、という一筆をとりつけることは、もちろん忘れませんでした。そうして、すでに二十年が経ちました。

七十代半ばになったおかあさんは、なんだか焦っているようにも感じられます。大臣枠の少ない参議院ではなくて、はやくコウタロウ君に衆議院の議席を獲得してもらいたい。そのために、叔父さんと議席を「交換」してほしい、と言いつのっています。つまり、約束どおり地盤を返してほしいと、ここ二年ほどはずいぶんきつい催促をしています。そんな形で議席をとりかえるとか、地盤をやりとりするとか、ごくあたりまえに考えればとんでもないことです。有権者をないがしろにしています。

でも、おかあさんは票を投じてくれるそういう人たちを、「庶民」と呼んでいます。「庶民」は、エリートにしたがうものなのだそうです。コウタロウ君はエリートという単語を聞くと、寒気がするうえに、ちんちんかゆかゆ、いったいそんな人がそもそもいるのかしらん、と思います。いくら勉強ができたって、おろかはおろかです。多くのひとびとを導いていく識見と使命が自分にはある、なんて本気で考えている人は、おろかなうえに危険です。コウタロウ君は、おもてむきはエリート然としてしかふるまえなくても、つねづね心のなかではそう思ってきました。そして、自分のことは、思慮も胆力も勇気もない、ごくごくふつうのつまらない人間だと思っています。なにしろ、ちんちんかゆかゆなのですから。

西瓜事件や、迂回献金を市民団体が告発した件は、地盤を返したくない叔父さんがうしろで糸をひいているのではないか。脅しをかけているのではないか。おかあさんは、そう疑いはじめました。そんなばかばかしい話はありえません。いったいそれで叔父さんにどんなメリットがあるというのでしょう。やっぱり、おかあさんは病気になりかけているようです。このままでは、なにをしでかすかわかりません。コウタロウ君は、叔父さんと、よくある政治家風に、「腹を割って」話をしておかなければいけないと思いました。

それぞれどちらかの事務所とか、あるいは議員会館などで話し合ったりするような事柄ではないですし、料亭などで顔をつきあわせるのも気が鬱するというのが、おたがいすぐに察知できました。そこで、本会議も委員会も休みで、地元の行事もない日曜日に、叔父さんが会員になっている首都圏郊外のゴルフ場に出かけることにしました。コウタロウ君は、ゴルフは得意ではないのですが、別にコンペでもないわけですから不平はありません。閉じられた空間でうっとうしい話をしなくてすむのです。ありがたいと思わなければいけません。

朝八時にスタートしましたが、すぐに初夏の日射しでじりじりあぶられ汗がでてきました。秋の空のような深さはありませんが、雲はほとんどない青空がひろがっています。きれいに整えられたコースの彼方に、秩父の連山が見えています。コウタロウ君側ひとり、叔父さん側ふたりの秘書に、少し遠巻きにされながらボールを打ちます。コウタロウ君は、最初のホールからいきなりガードバンカーに捕まって、ぜんぜんグリーンにのりません。叔父さんはにやにや笑っています。ごく開けひろげな風情をよそおっていましたが、ずるそうでもありました。

まあ、今さらあらためて言うことでもないが、あの母親じゃあおまえもたいへんだよなあ。いや、オレだって兄さんの女房だから、悪く言いたいわけじゃないがね、あれはほとんど病気だぞ。前におまえの高校のともだちで、医者になったヤツ。おまえの母親にもよく会ってたってあいつが、なんだっけ、あ、そうそう、自己愛性人格障害とかの診断基準をかるくクリアしてるとかなんとか言ってたって、おまえから聞いたことがあったよな。いや、実際オレもそう思うぞ。献金の話は、あれは、ほら、おまえの地盤で次点になったアイツが市民団体とつるんでるんだよ。選挙の時、応援演説にでてきた大学の教師、あれはあのかみついてきたオンブズマンの代表の同僚だぞ。

ざっくばらんな先制パンチといったところでしょうか。自己愛性うんぬんとかいうのは、たしかに叔父さんに以前そんな話をしたことがありました。笑い話のようにしていても、コウタロウ君の笑えない気分がしっかり伝わってしまったのかもしれません。

一筆の件もあるし、いろいろ考えてはいるんだ。おまえだから率直に言うんだが、オレのところには息子がいる。おまえのところにもいる。でまあ、今後のことを考えるとだな、オレの一区だけじゃなくて、二区も合わせるほうがタチバナとしてもいいんじゃないかと思うんだよ。知ってのとおり、あっちの現職は年寄りで、しかも跡を継がせるタマがいない。後援会も、ここのところ割れ気味だ。このあいだの選挙なんて、ひどかったじゃないか。あやうく議席をなくすところだよ。選対からもいろいろオレに根回しがきていてな。

叔父さんは、いよいよずるそうです。

くらがえなんて、どちらでもいい、というか、うっとうしいと感じているせいでしょうか、叔父さんの顔が毛糸でできた指人形みたいに見えてきてしまいます。うるさいほどちんちんかゆかゆがなり響き、それだけではありません、**トカトントン**も金属音を奏でます。こんなに堂々と自信を持って卑小な未来を語れるなんて、自分にはとうていできない、とゾッとしながらコウタロウ君はほとんど感心しています。

叔父さんは、二十年におよぶ議員生活で、自分が主体になって大きな立法を企画したことは数えるほど、それが成立したことがあったかどうか、コウタロウ君には思いだせません。たいていは、議案提出者の「他何名」のひとりです。政見は付和雷同、対中国強硬派が力を持てば強硬に、宥和策が優勢になれば軟化し、公共事業全盛ならばバラマキを率先し、風当たりが強くなればムダ遣いは許されるべきではないと言い、どこに立っているのかさだかではないありさまです。それでいて、地元での口ききあっせんはずいぶんたくみで、だから選挙ではいつも安定して強いのです。

ちんちんかゆかゆと**トカトントン**の連打合奏は、今や最高潮にやかましくなっています。ふいにこんな気持ちになってしまって、コウタロウ君はびっくりしています。でも、同時に西瓜みたいに割られる爽快感も感じているのです。いつかはこんな日がくるのではないか。もう、何十年もそんな予感があった気がして仕方ありません。なにもかもが賞味期限切れなのです。耐用年数が過ぎて、いつ壊れてもおかしくない。いえ、さっさと壊してしまったほうが、むしろいいかもしれません。おかあさんと叔父さんはもちろん、コウタロウ君だっていうまでもありません。

次回の選挙では、まだ二区のオヤジは出るつもりなんだがね、選対本部はあやぶんでる。公認するかどうかについても、今後は問題になるはずだよ。その前に、参院があるけどな。まさか、衆参同時ってシナリオは非現実的だろうから、まだ少し余裕があるよ。今回は、おまえは改選議席じゃないから、じっくりかまえてことが運べるさ。近いうちに、二区の取りまとめをしているヤツと会うといい。オレがセッティングする。

叔父さんがなにを言っても、もうコウタロウ君の耳にははいってきません。ちんちんかゆかゆと**トカトントン**のお祭り騒ぎは、あきらかに音色が変わってきています。色合いも、ちんちんかゆかゆの黒色は、息づくような肉色になっていますし、**トカトントン**は派手に白熱しています。いよいよ、うっちゃりなのではないでしょうか。木曜日は、参議院の本会議です。東日本大震災の復興予算の使い道についての質問が野党側から出る予定です。答弁する役ではありませんが、勝手にすてきな本音を大声で喋ってしまいたい気分です。

ああ、それよりもっと、効果的なやりかたもあります。次の日曜日には、災害対策特別委員会の委員長として、テレビにでることになっています。こちらも、復興予算の使いかたについての疑義をただす、という主旨の番組です。心の底から洗いざらい正直になるいい機会なのではないかと思うのです。だって、自殺するのでもないし、ましてや、だれかを道連れにして死なしてしまうわけでもありません。コウタロウ君がそうすることで、むしろ、声をあげて笑ったり、ちょっぴりいい気分になったり、ひょっとすると救われたりする人だっているかもしれないのです。

コウタロウ君はうっとりしてきました。パー5の第四ホールは、三打目でピンから五十ヤードほどの地点までボールを転がすことができました。ありえないほどの上出来です。コウタロウ君は、サンドウェッジをふりました。奇跡のような曲線を描いて、白いボールはピンを伝って穴に落ちていきました。おお、あの時失ってしまった素直きわまるちんちんかゆかゆに、もうすぐ出会えるかもしれません。

蒔く人

まだよく乾きません。灰色のボール紙でできた箱がびしゃびしゃに濡れてしまって、いつまでも乾かないまま、やがてぐずぐず崩れていってしまう。身の回りのどこもかしこもが、ふっと気を抜くとすべてそんな感じでつぶれていくのです。昼間なら、あたりは粒子が粗い白茶けた景色になって、かすかなざーっという音が耳の奥に流れます。夜なら、からだの真ん中に真っ暗な穴があきます。

そんな風ではいけないと感じるのですが、どうしていけないのかは、ほんとうのところは心の底からちゃんと理解できているわけではありません。どう考えても理不尽で、めちゃくちゃだという気持ちはぬぐえないのです。ただ、理解できなくてもしゃんとしていなければ申し訳がたたないことは、はっきりわかっています。だから、歯を喰いしばることにしています。

今朝は天気もすこし味方してくれているようです。夏らしく晴れて暑いと、からだの内側にまでずしんずしんと響きます。少し肌寒いくらいがちょうどいい。ジロウ君は、Tシャツの上に紺のウインドブレーカーを羽織って、港まで自転車をゆっくり走らせます。あまりスピードを出すと、補修が完全には終わっていない道路なのであぶないのです。ゆるゆる行っても三十分はかからないので、市場に水揚げされた定置網の収獲がセリにかけられる時間には、間にあうのです。

今日は最初の干潮が七時頃なので、沈下してしまった部分の岸壁も海水に洗われてはいません。船はもう着岸して、獲れた魚の仕分けが始まっていました。凪はいいからかげんでいがったげっとも、漁はかんばすぐねえ。頭をふるふる振りながらそうつぶやく見知りの老いた漁師の手は、機械のように素早く正確に獲れたてのイカをひょいひょいと選り分けています。すっかり漁期が終わってしまった大目鱒《おおめます》が六本ほど、トロ箱に入っています。これから秋鮭と秋刀魚《さんま》がはじまる秋口までは、鯖《さば》とイカを塩梅する毎日になるのです。

うしろから声がします。ふりむくと、軽トラックから降りて走り寄ってくるミツエちゃんでした。おはよ〜、きのうはあんべぃいぐねかったでしょ〜、大丈夫？　気遣わしげな問いかけに、ジロウ君はうんうんとうなずいてうっすら笑います。すると、ミツエちゃんは、なんとなく間が悪そうに目をそらして、そわそわと、でも元気に、水揚げされた魚の品定めをはじめました。もちろん、共同経営者であるジロウ君もいっしょに仕事をします。買いつけをしたら工場に運んでみんなでさばいて、ミツエちゃんお得意の塩加減でおいしい一夜干しをつくるのです。いそがしい一日が、またはじまります。

――呑んでんだ。呑んだくれは、陰気にこたえた。
――なんで呑むの？　と王子さまはたずねた。
――忘れたいんだ、と呑んだくれはこたえた。
――なにを忘れたいの？　王子さまはなんだか気の毒になってきて、さらに訊いた。
――はずかしいのを忘れたい。呑んだくれは、うなだれてそう打ち明けた。
――なにがはずかしいの？　王子さまは、たすけたいと思って問いただした。
――呑むのがはずかしい！　呑んだくれはそう言ったきり、だまりこんでしまった。

泳ぎは子どものころから得意でした。服を着たまま堤防から飛びこんで泳ぐ夏の遊びも、母には怒られましたが、よくやっていました。でも、夜、ひとりでがらんとした家にいると、泳ぎなんか不得意だった方がよかったかもしれない、と思うのです。自分以外の人がたてる物音や気配やぬくもりがないと、考えてもしかたがないことばかりが頭に浮かんでしまいます。問いでも答えでもない生白く蒼ざめたものが、目の裏側あたりでぐるぐるとぼとぼ、よろめきながら回っています。お酒を呑んでまぎらわせられるくらいだったら、どんなによかったでしょう。

何度も何度もくりかえし思いかえしてきたことですが、たしかにどこかでなめていたのかもしれません。とりかえしがつかなくなってからそう気がつく苦しさは、ちょっと言葉には尽くせません。おおきい地震といっても、せいぜい壁にとめていない本棚が倒れてくるくらいの規模のものにしか、ジロウ君は生まれてから出会ったことはありませんでした。故郷をはなれて東京で暮らしていたときにはもちろん、スペインやアフリカでふらふらあてもなく日を送っていたころなどは、地震というものがこの世にあるということも、すくなくとも体感としては忘れていたほどです。

台湾で妙な薬に酔い痴れていた一夜、ふと手にした新聞の一面に「東京で大地震発生！」とあったのを見て、浮かれもすっかり醒めはてて、ずいぶんながく会っていない奥さんのショウコさんにあわてて電話をしたのをおぼえています。呼出音がずっと続くので、手のひらから汗がにじみだしてきます。ずっと放りだしたままの家族へのうしろめたさが、いっそう鼓動をはやめます。

と、ようやく声が聞こえました。ショウコさんは、ジロウ君だとわかると、こんな夜中になんなの？　ととがった声でいいました。しどろもどろにジロウ君が新聞のことを口にすると、地震なんかないよ、あ、昼間のあれかな？　震度三くらいだったけど。

馴れと眠気は似ています。ひとたびはまりこんでしまうと、簡単には脱出できません。意識がなくなってしまえば、はげしくたたき起こされてしまうまでは、幸福の極みとあまり変わりがないのです。汗がにじんだ手のひらが乾いてほどなく、ジロウ君は日本にもどり、うつむき加減にショウコさんとむすめのエリナちゃんのところに帰りました。
それから八年、とりわけ故郷にもどって六年目のあの日までは、ジロウ君はどんどん生きていることに馴れきってしまっていたようでした。ジロウ君がどこかに行ってしまわないことに、ショウコさんとエリナちゃんも、すっかり馴れました。だれかに運転をまかせて、とてもなめらかないい道を、なんの心配もなくドライブしているような、そんな風な感じで暮らしていたのかもしれません。

——花のことを書きとめたりはせん。と、地理学者は言った。

——どうしてさ!?　一番きれいなものじゃないか!

——花は、はかないものだからさ。

——なんなの、その《はかない》って?

——《すぐに消えてしまうおそれがある》という意味だ。

†

前々日のお昼ちょっとまえにも、かなりの地震が続けてありました。豊漁のオキアミを塩辛にしたり、乾燥機にかけたりの作業をしているときでした。そのとき十人いた工場の仲間もみんなびっくりはしましたが、津波も注意報だけだったので避難もせずに様子を見ました。大丈夫でした。前の日にも朝方六時半ころに揺れました。朝ごはんを食べ終わって、お茶を一服していたところでした。ぜんぜん平気でした。

十一日の午後二時四十六分には、ジロウ君は銀行にいていくつかの取引先からの入金を確認したり、反対に払い込みをしたりしていました。揺れはほんとうにすごすぎて、かえって現実ではない作り物みたいにさえ感じられました。おおおおお、とか、あああああ、といった意味をなさないうめき声が部屋のあちこちであがりつづけるあいだ、立っていられなかったのでうずくまっていました。さまざまな器物が倒れるのですが、ふしぎにスローモーションに見えます。

揺れが少しおさまったところで、通帳やキャッシュカードがそろっていることを確認して（あまりに非現実的なので、変に冷静なのです）、外に出ました。携帯電話でショウコさんを呼びましたが通じません。エリナちゃんにかけても、同じです。家を出るとき、ふたりが一日どんな風に過ごすのかを聞いてこなかったのを、ゾッとしながら悔やみました。でも、たぶん海からはかなり離れた家にいるはずですから、大丈夫、大丈夫、大丈夫……。

ともかくも、市場のすぐそばにある工場に車でもどります。停電しているので、信号機は消えています。出会う車は、どれもこわごわとしながらあわてていて、ひどくあぶなっかしい走り方です。ふつうなら十分ほどでたどりつく道のりですが、二十分近くかかりました。工場には、もうだれもいません。ミツエちゃんはてきぱきしていますから、さっさと避難したのでしょう。

携帯電話にメールの着信音が続けざまにありました。ひとつはEメールで、そのミツエちゃんからでした。「みんな山のお寺に避難しました。今どこ？」もうひとつは、CメールでショウコさんでしたÅ。「恵利奈といっしょに洋服を買いにでていて、地震にあいました。そちらは大丈夫ですか？　今は、指定避難場所」で切れてしまっています。いつもの癖でCメールを使ったのでしょう。こんな大地震のときでさえどこかのんびりしていて、ショウコさんらしい文面でしたが、五十字が上限なので肝心なところが読めません。続きも来ません。

両方のメールに返事をしようとした瞬間、ただならぬ気配が海の方からとどろくように迫ってきました。ふりかえると、泥色の山が見えました、津波だとは瞬間的には思えませんでした。まるで水らしくありません。車や家を呑んでいます。ジロウ君は、高い場所をめざして全速力で走りはじめました。

半世紀近くを生きてくると、だんだん思うようには走れなくなります。足がもつれました。転んでたちあがったところで、ぐわっともちあげられました。もがこうとする本能を必死でおさえて、あおむけに浮きました。木材のようなもので、いやというほど左の太ももをたたかれました。もみくちゃにされながらすごい勢いで流されていくと、ビルの非常階段にひっかかりました。

夢中でしがみついて、気がつくと屋上にいました。ジロウ君より先にはいあがっていたひとたちが何人かいて、声をかけてきます。機械的にその気遣う言葉に応じながらあたりを見渡すと、あちこちで火の手があがっています。流されていく人たちのたすけを呼ぶ声が聞こえます。冷えたからだがガタガタ震えます。右のわき腹が痛んで腕があがりません（肋骨がおれていました）。

会社の通帳やキャッシュカードが入ったバッグは、なぜかにぎりしめていました。携帯電話もありましたし、防水だったので電源ははいります。でも、どこにも通じません。どこからも連絡は入りません。一晩をビルの屋上で縮こまって過ごしました。それでも心は、まだ縮こまっていませんでした。ほんとうにそれが縮んでつぶれてしまったのは、しばらくあとのことでした。ショウコさんからは、もう二度とCメールは来ませんでした。彼女と、そしてエリナちゃんは、そのまますっかりあとかたもなく姿を消したのでした。

☆

——さよなら、とキツネは言った。ぼくの秘密っていうのは、とてもシンプルなことさ。よく見ようと思うなら、心を使わなくちゃ。本当にたいせつなものは、目では見えないんだよ。

時間というのは、まったく平穏無事なときだけのものなのだと痛いほど感じるのです。流されて、ほんのしばらく病院にいて、いっしょに働いてきたミツエちゃんたち仲間全員の無事がわかり、そして……。

時間がとまる、という言い方をずいぶん見聞きしました。あのときの、文字通り天地がひっくりかえるような経験をしたひとたちの言葉のなかにも、見つけることができました。でも、あれは「とまる」ということだけではないのです。なにもかもがごちゃまぜになってしまっていて、それなのに全然騒々しくない、どちらかといえばあまりにも静かで、からだから常に空気がぬけていってしまうような、空間もふくめてどっちがどっちなのか、時間がありとあらゆる方角に行きつ戻りつして、わけがわからない。ただもう夢中でかけまわっていて、とたんにへたりこみ、どこにいるのかさっぱりわからなくなる、わかりたくなくなるのです。

やがて、思い出がにじみだしてきました。ぽたぽたと、少しずつとめどなく。

マグロの遠洋漁業船に乗っていて、一年の大半を留守にしていたジロウ君のおとうさんは、陸《おか》にあがるとたいてい家にじっとしていました。ニコニコするでもなく、かといってお酒を呑みすぎたりあばれたりなどということもなく、よくおぼえているのは身をかがめて厚くなったかかとの皮を、やすりでこすりおとしている姿でした。

ただ、どうしてなのかよくわかりませんが（今ではわかるような気もするのですが）、ジロウ君がなにをしたというわけでもないのに、時々なんともいえない口調で、このほでなす、やろめ、とつぶやくように吐きすてて、じろりと横目で見るのです。自分では、そんなに分別がないとも、困りものだとも感じていない、いや、たしかにさして勉強をする子どもでもないのですから、父親にバカといわれてもしかたがないかもしれませんが、意味不明です。気に障るようなことをした記憶はないのです。だから、大人はよくわからない、とだけ思っていました。

一方で、そんな風に時折ののしられても、おとうさんの境涯にあこがれがありました。ジロウ君も、どこでもいい、どこか遠くに行きたかったのです。マグロ漁師になるのは、船の限られた空間に長いあいだいなければいけないので、ごめんです。できれば飛行機乗りなんていいなあ、と思いましたが、それで生活することができるにはずいぶん辛抱がいりそうで、そこまでの決心はつきません。考えがまとまらないでぐずぐずしているうちに、おとうさんは事故でなくなりました。

おかあさんは、保険金や貯金していたお金をもとに居酒屋を開きましたが、ほどなく南の方の出身の漁師のひとといっしょになりました。そのひとの出身地に移住するけれどどうするか、と言われたジロウ君は、高校も終わる寸前だったので、いっしょには行かないと答えました。すると、おかあさんは、おとうさんが残してくれたかなりの額のお金を、ジロウ君が使えるように分けてくれました。それで、高校を卒業するとすぐにジロウ君は東京に出たのでした。

ショウコさんは、どうにもこうにも不思議なひとです。言うことなすこと、どことなくピントがずれているとか、そういうことも面白いのですが、なによりもどうしてジロウ君と結婚なんかしたのでしょう。どうしてずっと、そのまま夫婦でいたのでしょう。実のところ、ジロウ君がそれを一番不可思議に感じていました。ショウコさんは東京で生まれ育ちましたが、彼女の両親（ジロウ君が台湾からすごすごとショウコさんとエリナちゃんのもとに帰ってほどなく、あいついでなくなりました）は、ジロウ君が生まれた町のとなりの港町が故郷でした。

もっとも、ふた親の生まれ故郷近いところで生まれているという程度のことが、スペインで寿司屋を経営するといったきり二年も帰ってこなかったり、それに失敗すると、今度はナイロビで日本の中古バイクを扱う会社に入ったといって、やっぱり一年と二カ月いなかったり、そんなことをするジロウ君にショウコさんが我慢する理由になるとも思えません。ジロウ君だって、いつもすごいカミナリが落ちるのを、どこかで覚悟しながら、でも、もどる場所がなくなるのは困るなあと、いくじなく手のひらに汗をかいたりしていたのです。

ショウコさんは、美容室で働きながらエリナちゃんを育ててくれました。台湾から舞いもどってきたときには、とことんほでなすなジロウ君もなんだか疲れていたのです。だから、高校の同窓会に顔なんか出したりしたのでしょう。そこで、ミツエちゃんに再会しました。高校生のとき、ジロウ君はミツエちゃんとつきあっていました。二十年をこえる月日が、ミツエちゃんの腕まわりやそのほかをしっかり倍くらいたくましくさせていましたが、おおきな目鼻立ちでくしゃぱあっと笑うところはおんなじでした。

すばらく〜、なんねんぶりかなあ？　げんき？　げんき？　けっこんすてこどもはふたーり、おどごよ、あ、もう、いっづもばたばたよぉ、ジロ君は？　と笑いあって話しているうちに、いつのまにか、ジロウ君はミツエさんがはじめようとしている小さな食品会社をいっしょにやってもいいような、そういう流れになってしまいました。

ショウコさんは、なんだかやっぱりちょっと笑ってジロウ君のすくない預金に、自分の貯めていたお金をずいぶんたくさん足してくれました。そして、いっしょにジロウ君の故郷に帰ってきたのでした。世界のどこかをいつもふらふらしていたせいで、顔を眺める時間も少なかったエリナちゃんも、ああ、どうしてそんなことができるのか、ニコニコついてきてくれました。ミツエちゃんと昔つきあっていたことを早口でもそもそ告げたら、ショウコさんは、あはは、そんなむかしのことより、もっとたくさんいうことがあるでしょうに、と爆笑しました。

それもこれもあれもこれも、なにもかもが記憶なのです。それも、ジロウ君のなさけないほどおそまつな記憶でしかないのです。ショウコさんがおぼえていたはずのこと、エリナちゃんがおぼえていたはずのことには、もうどうやっても手が届かないのです。どうしてにんげんは、コンピュータみたいに記憶のメモリーを共有することができないんでしょう。それだからにんげんだ、なんていうセリフは、きっとむかしのジロウ君なら自分でも口にしたかもしれませんが、そう言われたら今はしめころしてやりたくなります。そして、それはジロウ君のわがまま勝手なのです。わかっています。

ふいにすっかり消えてしまうなんてことがあっていいはずはないのです。でも、あるのです。どうして、指定避難所だから安心だなんて思わせていたんだろう。東京で生まれ育ったショウコさんとエリナちゃんには、もっともっといわなきゃいけなかったんだ、どんなに高いところに逃げても高すぎることはないって。むかし、オヤジにさんざんいわれたのに、すっかり忘れて、そういうおそれに鈍感になりきって生きてきてしまった。自然に復讐されたのだ、とジロウ君はいったんは自然のせいにしてみます。

ちがいます。そうではありません。ただ、はかないことがあるだけなのです。どうやってもおいつかないはかなさは、復讐などではありません。それが身にしみると、ますますジロウ君は泥にでもなりたくなります。

――おれが触れれば、そいつはもといた土に還ることになるのさ。ヘビはつづけた。でも、きみはけがれていないし、星からやってきてる……

小さい王子さまは、答えなかった。

――かわいそうだと思うよ、この冷たい石ころだらけの地球のうえで、なんのちからもないきみ。もしきみが、もといた星が恋しくてたまらなくなったら、おれは助けてやれる。おれなら……

☆

ミツエちゃんと作った干物は、美味しいのでよく売れました。三年目に、借りていた住まいを新築の家に変えました。車を使えば市場からもそう遠くなくて便利でしたが、妙にぽっこりしてきれいに家が建つような土地ではないので、安く手に入ったのです。工務店をやっている幼なじみが、いびつな土地を上手にいなして、小さいけれど住みやすい建物を造ってくれました。

ショウコさんはそこから駅近くにある勤め先の美容院にかよい、エリナちゃんは自転車で三十分ほどかかる高校にかよいました。ジロウ君は、時々寝坊するエリナちゃんを軽トラックの助手席に乗せ、自転車は荷台にあげて学校まで送ってあげました。エリナちゃんの口調は、なんだかだんだんミツエちゃんに似てくるようで、すこしひょうずんごにもどすたほうがええんでねべか、なんて近所のおばあさんに言われるくらいでした。

家だけ、残りました。津波はぽっこりもりあがった土地の背後のいくぶん低くなっている方と、南側のかなり落ちこんでいる方の二手に割れて流れたのです。ぽっこりの低いあたりの家々は被害を受けましたが、一番上の方にあったジロウ君たちの家は床下浸水さえしませんでした。地震の揺れで外壁にひびがいくつか走っただけです。

病院で手当てを受け、何日かひきとめられて、ショウコさんとエリナちゃんの携帯番号に無限回かけつづけ、そして家をめざしてもどってきたとき、それが無傷だったこと、そしてやっぱりふたりがいなかったことに……いや、それはどう言いあらわしようもないことです。ただ、吠えました。ガタガタとふるえて、チューブをしぼるように吠えました。吠えて吠えてあたりをかきむしって、やがてミツエちゃんたちもいる避難所で丸くなりました。

ミツエちゃんたちは、もちろん痛々しいほど気遣ってくれました。住んでいた家こそ波に呑まれてしまいましたが、彼女の家族や親しいひとたちはみな無事でした。会社の仲間も、そうでした。だから、だれもがジロウ君にどうむきあえばいいのかわからないのです。ジロウ君は、ショウコさんとエリナちゃんを必死でさがしました。認めるのはほんとうにいやでしたが、なくなったひとたちが安置されている近隣の場所に毎日出かけました。新しい情報があれば、とんでいきました。家族が消えてしまったほかのすべてのひとたちとおなじように。

ミツエちゃんはとめましたが、仕事もちゃんとやろうとしました。地震のまえに作った商品を保管していた大きな冷蔵庫は、なんとかそのまま残っていました。自家発電の電気で動かしながら、保存されていた商品を県外にまで出かけて売りさばきました。動いていないと倒れてしまう気がしましたし、なにより寝るのが耐えられませんでした。意識を失うのならまだしも、自分が自分の意志で寝るなんて許せないのです。

おなじように津波の被害に遭った鹿島灘の方の漁師のひとが、親戚のミツエちゃんのお見舞いにわざわざきてくれました。いろいろな話を聞きました。ジロウ君たちの港よりさらに北の港からも船が流されて、それは海流にのって犬吠埼《いぬぼうさき》の手前あたりにたまり、ふらふらただよっているのだそうです。持ち主ももういないのかもしれないこわれた船は、沈んでしまうまで手をつけられることもなく海流にもまれつづけます。

なきがらも、ながれてくるのだそうです。ひきあげてやりたいと思っても、だめなのです。放射性物質によごされた場所からやってきたのかもしれないので、ふれるのを禁じられているのです。なきがらもただよいながら、やがて海の深みへとひきこまれていってしまうしかないのです。ジロウ君は、その話を聞いてから毎日のように夢を見ました。ショウコさんとエリナちゃんがだきあって、眠っているように、しかし、まがまがしい光を全身におびて星空の下をゆらゆらながれていく。とまどったまま、天空にかえれずにいるように思えました。

ふたりと会えなくなってから、二カ月近くが過ぎた五月の初めに、宅配便の会社から連絡がありました。仕事でいつもなじんでいる営業所です。エリナちゃん宛の荷物があるというのです。急いで取りにいきました。するとそれは、震災の少しまえにエリナちゃんが注文した本なのです。

開けてみると、フランス語の書物でした。小さな星の上にこがね色の髪の男の子が立っています。*Le Petit Prince* というタイトルです。ジロウ君にも、それが『星の王子さま』という、あの有名な童話であるのはすぐにわかりました。エリナちゃんは、四月から内陸部にある大学に進学することになっていました。第二外国語は、フランス語にする、と言っていたのを、ジロウ君はおぼえていました。あの日洋服を買いにいったのも、入学式のためのものだったのかもしれません。

きっとうきうきしながら、学校でフランス語を習ったら原文で読もうと、インターネットで注文したのでしょう。その本が、ようやく届いたのです。ジロウ君は、ぴちっとはりつめた包装用のビニールの上から、本をぎゅっと強くにぎりしめました。エリナちゃんがそうしたように、今はもういないたくさんのひとが、あの日のまえに本や化粧品やバッグや食器やその他いろいろなものをたのんだのでしょう。それらは、どこにとどくのでしょうか。

その日から、ジロウ君はちゃんと床をとって寝るようになりました。それまでは、むかし使っていた寝袋に着がえもせずにくるまって眠っていたのです。『星の王子さま』は、エリナちゃんの部屋の机の上にそっとおきました。まだ、それを開けてみることはできません。とても、できませんでした。

ふたりが流れて沈んでいってしまう夢は、だんだん見なくなりました。夢ではなく、記憶の映像としてしっかり刻みつけられてしまいました。からだの底に重く沈んで、浮かびあがらせることができなくなっていきそうです。

どうやってもとりかえしがつかないのだと思うと、あらためて凍りつくような気持ちになった。そして、あの笑い声をもう二度と聞くことができないなんて、絶対に受け入れられっこなかった。それは、僕にとって砂漠のなかの泉のようなものだったのだ。

さざれ石をたくさん買いました。カーネリアンとペリドット、そしてアメジストの三種類です。スペインで寿司屋をやっているとき、よく来ていたお客さんに教わって、でもずっと気にしないで、というか、ほとんどすっかり忘れていたのですが、星座石というものがあるのだそうです。誕生石というのはよく聞きますが、それのもとが星座石なのだとそのお客さんは教えてくれました。

☆

気恥ずかしくて、ジロウ君はショウコさんに宝石のたぐいをプレゼントしたことはありません。かろうじて金の結婚指輪を買っただけでした。それも、とてもシンプルでなんの飾りもないものです。ジロウ君は、腕時計もきらいなくらいですから、指輪をはめるというようなことはうっとうしいので、はめたことはありませんでした。ショウコさんも、どういう理由からなのかはわかりませんでしたが、それを机のひきだしにしまっていました。

宝石をショウコさんが欲しかったかどうか、もう聞くことはできません。でも、時間がだんだん以前のように流れるようになってきて、仕事帰りに少しお酒を呑んだりするようになり、夜空の下を家に帰ってくる途中、星を見あげることも多くなってきました。エリナちゃんの教科書が、いつも頭にあることもその理由です。フランス語の辞書を買って、ちょっとずつ読んでもいます。そして、海の底に光って沈んでいくふたりの姿が、記憶の中心に焼きついているからでしょう。どうしたって、ふたりを星にもどしてあげたい。そういう願いがこみあげてくるのです。

——ひとはそれぞれ、自分の星を持っているんだよ。

ショウコさんはおとめ座なので、カーネリアン。同じ星座でも石の種類はいろいろあるのですが、ショウコさんは赤くて透明なアクセサリーをよく身につけていたので、赤い石を選びました。エリナちゃん（緑が好きです）は、ショウコさんより十日あとのてんびん座なのでペリドットという石。ジロウ君は、うお座のアメジスト。その三つのさざれ石を、毎日どこかに蒔《ま》きます。最初は、ふたりがあの日のあの時間にいたのだと思える場所に、丹念に蒔いていきます。瓦礫のすきまや、上に建っていた建物が完全に流されたままがらんとひろがる空き地の真ん中あたり、海辺、川辺、その他ふと目についた場所に、ポケットナイフで小さな穴をほり、三つを右手の親指と人指し指と中指でつまんでそっと穴の奥にいれます。そして、土をかけます。

最初はさざれ石ではなくて、ビーズになった石を買って、そして切れない糸で三つの石をまとめようとも考えました。でも、それはなんだか恥ずかしく感じられました。ふたりが自分といっしょにつながれたいかどうかわからないじゃないか、とてれかくしめいて思ってみたのです。だから、ふぞろいなかたちのさざれ石なのでした。はっきりした信仰心をもったことはありませんし、おまじないめいたことにすがる気持ちがあるというのでもないのです。ただ、なにかしなくてはいられなかった。それだけです。

蒔きはじめてから一年が経ち、もうすぐ二年目がめぐってきます。夏草が生い茂る根をかきわけて、今日も海辺の公園にたくさん蒔きました。家族三人、そこでバーベキューをしたことがあるのです。まえに蒔いたところを掘りかえさないよう、心覚えのための地図におおまかな場所をしるしました。気持ちはまだあいかわらず、濡れたボール紙になることもしょっちゅうです。でも、地中のさざれ石がまじりあって、空の星と響きあうさまを思うと、ほんの少しだけ風がふくように感じるのです。

もしいつかこの場所をとおりかかることがあったら、どうかお願いです、急いで通りすぎずに、この星の下でちょっとだけたちどまってください！　もしそのとき小さい男の子があなたのそばにきて、あかるく笑って、こがね色の髪で、なにか訊いても答えてくれなかったら、その子がだれなのかはっきりわかるはずです。そのときは、どうか！　僕の深い哀しみをそのままにしておかないでください。手紙を書いてください、あの子が帰ってきたよ、と……。

悪魔はだれだ?

マサミチ君のおとうさんは、ちょっとしたお金持ちでした。それで、マサミチ君が二歳をむかえたお誕生日に、豪華な英語教材のセットをプレゼントしてくれたうえに、ずいぶん時給の高い家庭教師をつけてくれました。マサミチ君は勉強熱心で出来がなかなかよかったので、四歳の誕生日には中国語の教材も買ってもらえました。

おかげで、五歳の時には、お正月に家族と出かけたハワイ旅行で、レストランのウェーターのサービスについてマネージャーに英語でクレームが言えるほどになりました。中国語でも、小学校二年の夏休みには、おとうさんが経営する電気部品会社の上海工場で、怠けている工員を中国人の工場長に教えることができるようになりました。成績のいい子を集めた私立の小学校に入っていましたが、神童とか天才とか言われることもよくありました。

でも、マサミチ君は、別に当然でしょ、としか感じません。だから、最終学年になって急に担任が替わり、その二十代後半の男にあることで侮辱された時のマサミチ君の驚きと憤激は、ちょっと筆舌に尽くしがたいものでした。

鈍感で無神経そうな雰囲気のその担任は、口の左端をいつも曲げていて、顔を右ななめ上にむけて喋りました。その様子は、ほかの先生とはずいぶんちがっていました。まるで、自分はすごく偉いのに、だれもわかってくれない、とでも言いたげに感じられて、マサミチ君はひと目見た瞬間から軽蔑しました。でも、害にならないならいいや、とも思っていたのです。

六年生の夏休み明けには、全国的に有名なある感想文コンクールに応募するのが、学校のならわしでした。四百字詰め原稿用紙で制限枚数五枚という、比較的おとなっぽい設定です。いくつか挙げられた課題図書の中でマサミチ君の目を惹いたのは、『イワンのばか』という本でした。

感想文を書くなどというのは時間の無駄にしか思えないので、それまでは教師が気に入りそうな事柄を並べて適当にやりすごしたり、忘れたふりをして提出しなかったりしていたマサミチ君でしたが、なぜか題名が気になってしかたがないのです。我慢できず（子ども向けの装丁が気に入らなかったので、大人向けの岩波文庫で）読みました。

なんてばかばかしい内容なのでしょう！　空想的な内容であることは、悪魔が登場することからも、すぐにわかります。神さまという単語も出てくるので、宗教にも関係があるだろうという見当もつきます。正直、そういう部分については、ほとんど知識も関心もなかったので、意見保留です。また、宗教がらみだからだろうと思うのですが、お説教めいた臭みがぷんぷんします。そうした臭みに目をつぶり、いえ、鼻をふさぎさえすれば、働くことの大切さを説く姿勢は、まあ、理解できます。

問題は、作者のお金に対する反感というか、敵意です。これでは、お金持ちになることが最大の悪、みたいではありませんか。イワンのばか、とか言っておいて、そのくせその「ばか」が一番えらいんだ、という考え方。からだをせいいっぱい、それこそばかみたいに使って汗を流して働くことの方が、頭を使って効率よくお金を稼ぐことより尊い、お金持ちこそがばかで罪深い、そもそも労働はお金のためにするのではない、という主張。

マサミチ君は、あきれ返ってしまいました。あまりにも幼稚すぎて、笑うよりさきに腹がたってきます。あんまり腹がたったので、反論として感想文を書くことにしました。こんな風な論旨です。

イワンの国には、それがほんとうに国と言えるかどうかは別にしても、発展性がまるで期待できない。自分で食べ物を作って、自分で食べる。もし、自分で作れないものがあれば、他の人たちと物々交換したり分けあえば済む。お金なんか不要。みんな幸せ。発展なんかしなくてもかまわない。こうした考え方は、ちょっと考えるといいような感じがする。

しかし、「**手にたこのできている人**」だけが、ちゃんとした食事ができて、それ以外の「**怠け者**」は「**人の残りもの**」なんて、そんな単純なことでいいのだろうか。第一、そんなことを言ったら、農具を持っている人以外では、ペンだこのあるマンガ家くらいしかちゃんとした食事ができなくなってしまうだろう（マサミチ君は、たとえ腹をたてていても、マンガ家なんて例を出して皮肉におふざけするのは忘れません）。医者とか教育者とか頭脳労働者はどうすればいいのか？　そういう人はいらないというのか？　そうなると、イワンは、テレビで見たドキュメンタリーのポル・ポトのようにも思えてくる。

それから、イワンがばかだと書かれているが、それよりもふたりの兄「軍人のセミョーン」と「ほてい腹のタラース」の方が、ずっと底なしのばかだ。もちろん、それは作者のトルストイが、最初からふたりをイワンの引き立て役にしているのだから、あたりまえと言えばあたりまえだが、それでもひどすぎる気がする。

セミョーンは、小悪魔に無鉄砲な勇気を吹きこまれて、全世界を征服するなんて上司の王様に宣言するだけでもどうかしているが、基本的に戦略も戦術もなにひとつ持っていない人間が、なぜ軍人として出世できるのかまったく理解できない。老悪魔に徴兵制や新兵器の開発をそそのかされるあたりは、作者が十九世紀の人だから、きっとナポレオンのことが頭にあったのだと想像できる（マサミチ君は、ちょっとした戦史マニアでもあります）。

ということは、老悪魔はけっこう正しいのだ。徴兵制や新式の武器の増産は、十九世紀であれば、国家を強くするためには、標準的なやり方なのだから。使い方をあやまったセミョーンが愚かなだけである。ナポレオンや戦争を作者が憎んでいるのだとしても、やっぱりセミョーンの頭の悪さの設定は行き過ぎとしか言いようがない。軍人に対するとんでもない侮辱ではないだろうか。

商人への偏見もすごい。商売をやる人間は、ただもう欲ばりなだけだ、というような見方には、まったく賛成できない。だから、タラースをやっつける小悪魔の作戦のようなくだらない話を堂々と書きつけてしまったりするのだと思えてくる。

小悪魔はタラースを、「**見るものが片っぱしから買いたくなる**」とか「**自分の金のありったけ、手あたりしだい**」物を買うような欲ばりにした、と自慢する。そのうえ、借金までさせてさらに買い物をさせ、最後にはその買った財産である品物を「**ぜんぶ糞**」にして破滅させるのだと説明している。

これは、商売の基本がまるでわかっていないか、わざとゆがめているかで、心底作者の悪意を感じる。ばかな金持ちが財産をやたらに浪費しているというのなら、そもそもそれは商売とはなんの関係もない。破産でもなんでもすればいいので、どうぞご勝手に、ということになる。だが、たぶん作者は、値上がりを期待した商品買い占めのようなことを象徴したつもりなのではないかと思う。買い占め→品薄→値段が高くなる→品物を放出、というのは投機としては原始的で野蛮（マサミチ君は、おとうさんからお金を借りて株式投資もしているので、このあたりにも知識があります）な方法ではあるが、理解はできる。

ただ、たとえ小悪魔にそそのかされたからだとしても、借金してまで買うという危うさに、なんの保険もかけないのは、商売人としての基礎が全然できていないというほかない。兄のセミョーンと同じく、こんな幼稚な人物に金もうけができるという設定そのものが、資本主義が未発達だった昔の話だとしても、すごく変なのである。

一度破産したあと、イワンのおかげで復活したタラースが、自分勝手な法律をつくって人民から税金をとりたてたというあたりも、文句をつけたいところはたくさんある。しかし、小悪魔がやられたあと老悪魔がタラースをおとしいれるところは、さらにもっと変てこりんなのだ。

老悪魔はタラースの王国に住みつき、お金をばらまく。彼のやり方が、ただの金のばらまきであって商売でないところは、彼の目的がタラースをやっつけることにあるので目をつぶるが、ともかく国民から高い代価で品物を買い集める。国民の収入はあがり、それにつれてタラースの税収もふえる。

しかし、高い賃金にひかれて国中のすべての労働力と品物が老悪魔のもとにあつまり、タラースはその賃金・価格合戦で負ける。老悪魔が払うので税収としての金だけはたくさんあるが、食べものもろくに食べられないくらい困る、というのだが、どう考えても理屈が通らない。

なぜかといえば、たとえ自国の生産物や労働力がすべて悪魔に吸いとられたとしても、お金はその国の内部のみで流通するものではないからだ。たとえ為替の差異があっても、他国のお金に換算することはできるはずである。資本主義になる前から、お金はずっとそうやって流通してきているのだ。だから、タラースは国外に労働力や食料を求めればよかったはずである。

それをしないのは、知力を作者によって奪われているからにほかならない。

そうした作者の陰謀によって作られた登場人物のなかでも、なにより気の毒なのは、悪魔たち、特に老悪魔だろう。裕福なお百姓が、三人の息子セミョーン、タラース、イワンに財産分けをする。そのとき、無欲なイワンのせいでケンカが起きなかったことがいまいましくて、三人を破滅させようとする。老悪魔の考え方のこの初期設定が、それこそ貧乏くさい点については、何度も指摘してきたが、作者の悪意なのでしかたない。

それより問題なのは、老悪魔が能力を制限されていることである。悪魔なのだから、大きな魔力を持っているはずなのに、それが全然生かされていない。だいたい、イワンを困らせるために、なんだかイワン本人にいちいち相談しているようなのが奇妙である。彼を殺したりするのが目的ではなくて、イワンが欲ばりになったり権力を欲しがったり、つまり作者の観点からいうなら堕落した人にすることが目標だから、そうなるのかもしれない。

だが、お金を大量にばらまいてイワンをタラースと同じ目にあわせようとして、かえって自分が困るあたりは、悪魔なんだから魔法使えよ！　と言いたくなる。あの程度で困るくらいでは、恥ずかしくてとうてい悪魔なんて名乗れないのではないか。

そして、最後は「**頭で働く**」方法を教えるといってやぐらの上で演説をしつづけ、フラフラになってころがり落ちて地面にのみこまれる。あとには、小悪魔と同じく「**ぽつんと穴**」が残っているだけ。悪魔が空腹で破滅するなんて聞いたこともない。そんな設定にされてしまった老悪魔に、心から同情してしまう。

と、いうような調子でマサミチ君は書いたのです。最初にあらすじを述べたりしていますから、もちろん制限枚数をとっくに越しています。それでも気にせず、だんだん愉快になりながら感想文を書きました。担任がどんな顔で受けとるのかが楽しみになってきました。マサミチ君は、あとからそのときのことを思いかえすと、やっぱりずいぶん子どもだったなあ、と苦笑いがでます。そういう期待を相手に持ったことが、ほほえましい感じです。

作文を提出したあと、担任にまず指摘されたのは、当然ですが、枚数が多すぎることでした。それから、文章についても、うまく書こうという意識が先に立ってこれみよがしな感じがする、などと失礼きわまりないことを口にするのです。その、これみよがし、って、オマエのことだろうが、とマサミチ君は胸の内で吐きすてます。作文をしていたときの愉快はすっかり消え去って、怒りがぐるんぐるんにおなかの中で渦巻きます。果ては、マサミチ君のことをハイキンシュギ的（マサミチ君には、初対面の単語でしたが、いい意味でないのはすぐにわかりました）なのではないか、それは家庭環境も影響があるかもしれないね、と薄笑いを浮かべ、なんとなく彼のおとうさんのことまであてこするようなくちぶりなのです。

最後のとどめは、マサミチ君の名前でした。正しい倫《みち》っていう名前とは、ちょっと裏腹な悪魔礼賛の内容だね、と、くちびるをゆがめてせせら笑う感じです。担任は小柄でマサミチ君と身長もそんなには変わりませんし、マサミチ君は空手の道場にもかよって二級を取ったばかりだったので、一発ぼいんとやっちゃいたい欲望がこみあげましたが、それをやっても不利になるのは自分ばかりなのはよくわかっています。鳥肌が立ちましたが、奥歯をかみしめて、さもなんでもないようにニヤリと笑ってみました。すると、担任もかすかに身を引いて警戒するように目を細めました。

そして、マサミチ君はしっかり礼をしたあと、担任の手から感想文をとりかえし、窓際にある自分の机にもどってすわりました。開けはなたれた大きな窓のむこうに広がる空は、まだ秋の空ともいえない感じです。上空高いところにはいわし雲が出ていますが、その下の方には積乱雲のできかけみたいなのが、中途半端にほわほわ浮いています。マサミチ君は、その中途半端な雲の動きをぼんやり追いかけながら、少なくとも悪魔がイワンに一方的に負かされるのは、絶対に理屈に合わないってことを証明しなきゃいけないな、と決心しました。そういう次第で、『イワンのばか』は、マサミチ君にとって大事な本になったのでした。

☆

といっても、ホメーロスの叙事詩の記述を心から信じこみ（体《てい》のいいデタラメだ、というウワサもありますが）、クリミア戦争でロシアに武器の密輸をして莫大な資金を作って、トロイアの遺跡を発掘したシュリーマンほど打ちこんだわけでは、もちろん、ありません。マサミチ君はすでに述べたように宗教には関心がありませんでしたし、悪魔という存在にことさら魅入られているというわけでもありません。彼にとっては悪魔は比喩的なものに過ぎないわけですから、それに加担することを意識しつづける、などというのは子どもっぽいし気恥ずかしい。

　それに、なにしろマサミチ君はなにかと窮屈に感じられる周囲の環境を変えるために、ひどくいそがしかったのです。小学校を卒業するまでは我慢しましたが、中学校からは日本ではなくアメリカに飛びだしていきました。おとうさんの弟が商社のワシントン支社長になったのを機に、そのおじさんの家に住まわせてもらい、アメリカの私立中学校に通うことにしたのです。十五歳からは、今度は百年以上も前に新島襄が卒業したとかいう、マサチューセッツ州にある別の寄宿制プレップスクールに進学しました。

　もともと英語が得意で知識も豊富なマサミチ君でしたが、それでもやっぱり勉強は大変でした。それこそ、悪魔なんかにかまけている余裕はありません。それに、入学した有名な高校の校是には、「知識を欠きし善は弱し、されど善なき知識は危険なり」などとあるのです。悪魔はどう考えても善の仲間ではありませんから、神よりも悪魔に共感する部分がある、とは少なくとも表向きには表明できるような環境ではありません。

　しかも、正直に言うと、学校が楽しいのです。日本にいたらとてもこうはいかなかった、というのが実感です。七時に起きて食堂で朝食を食べ（マサミチ君のお気に入りは、ローストターキーのサンドイッチ)、午前中の授業では毎日さまざまな知識(とっくに知っているさ、というものもたくさんありますが)に出会い、たくさんの議論をします。

午後には、地理的に近い寄宿舎の学生をまとめたクラスターという組仲間たちと、フットボールをしたりプールに行ったり、女の子に空手の手ほどきをしたり、緑にあふれた広大なキャンパスを散歩したりと毎日が充実しています。なにかこう、のびのびと鼻っ柱強く生きていける感じ。せせこましくないのです。

ただ、時折イワンと悪魔のことは思いだします。経済についての授業で貨幣の価値についての議論などをしていたりすると、ふいに小悪魔のことが頭をよぎったりします。キャンパスには、何本か大きなホワイトオークがあります。小悪魔がイワンに打ち殺されまいと教えた魔法は、ロシアオークの木の葉をもんで金貨にするものでした。落葉したオークの葉っぱをカサカサもむと、なんだかとてもなつかしい気分になります。

金貨となると少しむずかしいところもありますが、紙幣については、たしかに葉っぱのようなものだという風にマサミチ君は考えます。経済学の本を読めば読むほど、貨幣がなんの根拠もないくせに強力な支配力を持っていることを感じ、ああ、やっぱり葉っぱの魔法でしかないのだなあ、とおかしくなってしまうのです。

でも、もちろん、マサミチ君はその魔法が好きでした。楽しい高校生活を送りながらも、日本にいたときよりも大胆にアメリカ市場での株式投資にはげみました。日本ではちょうどバブル経済がはじけ、東京証券取引所での一九八九年の大納会で三万八千九百十五円八十七銭の市場最高値をつけた平均株価は、九カ月後には二万円を割りこむというさわぎ。それからも上げ下げをくり返しながらじり貧に落ちていき、二万円を回復することもなくなってしまいました。

もっとも、マサミチ君は、アメリカに移って一年後には日本の株はぜんぶ手じまいにして、おもな闘技場をアメリカの市場に移していたので、そのことで痛手を受けることはありませんでした。おとうさんの方はそうでもなくて、こんなことならさっさと損切りしとけばよかった、と、アメリカ出張のついでにひとり息子のマサミチ君とごはんを食べたときに、いくつかの銘柄についてこぼしたりしました。

マサミチ君は、一瞬調子にのって、かわりにアメリカで運用してあげようか、などと言いそうになりかけましたが、すぐに思いとどまりました。なんといっても、お金は葉っぱの魔法なのですから、まだまだ未熟な自分が偉そうなことを口走って、おとうさんをやけどさせるわけにはいきません。アメリカで暮らすうちに、マサミチ君の鼻っ柱もちょうどいいくらいの強さになったようでした。

バブル崩壊ではありませんが、アメリカの経済もイラクのクウェート侵攻で平手打ちを食いました。やがて悪魔呼ばわりされることになるイラクの大統領サッダーム・フセインは、あっという間にクウェートを制圧してしまいました。でも、老悪魔にそそのかされてイワンの王国に攻めこんだタラカン王の兵隊たちのように、フセインの軍隊は退屈したり悲しくなったりしないようで、だから八方に逃げ散ったりはせずに占拠しつづけたのでした。

それは、フセインがタラカン王と悪魔とスターリンを兼ねていたから、ではなくて、彼が自国の最大の貿易相手だったアメリカ政府と財界、そしてジョージ・ハーバート・ブッシュ大統領（マサミチ君の学校の先輩なのです）の意向と立場を読みちがえたからだということは、マサミチ君にはすぐにわかりました。

ですから、湾岸戦争の経済的帰結がどのようになるかについて、原油価格の推移や戦費負担、他の国々からの協力基金の使われ方、中東諸国の復興需要などをシミュレートした経済動向のマクロ・モデルを何通りか作りました。チャンスなのです。そして、そのモデルに必ずしもこだわらない勘をも研ぎ澄ましながら、持ち株のディールを、ちょっぴりドキドキしながら愉しみました。

高校を卒業してＭＩＴに進んだときには、マサミチ君の売買益の総額、それに安定的で優良な株の買い持ちは相当なものになっていて、たいていのひとなら、家族ができても一生安楽に暮らしていけるほどでした。でも、マサミチ君は、お金持ちになることに興味はあっても、お金持ちであることにはさほど興味がありません。ほてい腹のタラースみたいに、なんでもかんでも欲しがってお金の限りモノを買いためるというようなことは、まったくしません。自分が日常で使いこなせる分量を超えた買い物をするなんて、ばかげているとしか感じられません。

むしろ、いつ消え去ってもおかしくない莫大なお金を使って、どうやって遊ぶかということが大事なのです。マネーゲームという言葉を耳にしたマサミチ君の反応は、ゲームである以外にお金の存在意義なんてないはずなのに、なにをあらためてそんな言葉を使うのだろう、といぶかしく思ったくらいです。

大学に入ってからは、数学に一所懸命に取り組みました。ゲームの規則は、どんなものであっても数学が基礎になります。人間が作った体系として、これほど美しいフィクションがほかにあるだろうか、とマサミチ君はうっとりします。

ある意味では嘘で固めたシステムが、実際の世界や宇宙を見事に説明してしまうことに、これほどの悦楽があるとはあまり深く考えていなかったのです。ニュートンやライプニッツは、宇宙のすべてが解析できてしまうように見える数学を、神の存在証明だと思っていたわけですが、マサミチ君にはかえってその見事なまでの美しさが、おとしめられることのないほんとうの悪魔の仕業に思えていとしい気がするのです。

おだやかな日々が過ぎていきました。湾岸戦争の頃には、モノを作って売っていく産業競争力という点では、もうアメリカは息も絶え絶えになっていました。それこそ日本がそうした産業を安いコストで引き受けて奪い去り、さらにその次にはその担い手は韓国や中国、東南アジアの国々に移っていきました。そうしてアメリカの市場では、モノから情報への投資にお金の動きがシフトしていきました。ITバブルというあれです。そうして、ニューヨークのダウ平均は、マサミチ君が学部にいたあいだの四年間で倍以上になったのでした。

大学院には行かずに、大きな投資銀行のアナリストになり、そこで三年辛抱したあと、能力を見こまれてずいぶん大きな規模のヘッジファンドに転職しました。もっとも、大きなヘッジファンドといっても、百人ほどもいる投資部門のディーラーのうち、実質その巨額の資金のパフォーマンスをあげているのは、数人というところでしょうか。

マサミチ君は、転職して数カ月後には、もうそうした良好なパフォーマンスをあげるひとりになりました。やっかみ半分で他のディーラーからは、悪魔のようなディーリングの勘があると噂されたほどでした。マサミチ君は、そのひがみを耳にしてクスッと笑わずにはいられませんでした。

かなりはげしい浮き沈みはあったものの、五年間で飛躍的に運用益をのばした功績者のひとりとして、マサミチ君は三十歳の誕生日の直前に独立することができました。冷酷で攻撃的性格という評判のそのファンドのヘッドが、マサミチ君のためにはずいぶんと親切に骨を折って、多くの投資家を紹介してくれました。そのおかげもあって、日本円に換算すると五百億円ほどのファンドが構成でき、自分の資産も組み入れて相当愉快なゲームができるようになったのです。一部では有名ディーラーとして名前が取り沙汰されるようにもなりました。

そんなに大きな金額を動かして、ストレスが大変でしょう、などと言われることもよくあります。そういう人に、どう説明してよいのか、マサミチ君は言葉に詰まります。むしろ大きくないものを動かしている方が、ストレスがたまります。見えない遠くにむけて弾を放つ心地よさをどう説明してよいのか、これぱかりは大地に足がついていると思っている人たちにはわからない、とでも言うほかありません。でも、そんなことを口にしたら、相手はきっと気を悪くしてしまいます。ですから、そうですね、ちょっとでも時間の余裕がある週末には、カリブに飛んで好きなスキューバダイビングで心を休めます、とかなんとか、適当なおとぎ話をします。いつかこの楽しみにも飽きる日がくるかな、と思いながら。

☆

そうしてまた三年ほどが経ちました。お金で遊んでいると、どうも時間はふつうよりはやく進んでいってしまうのかもしれません。そのあいだには、リーマンショックなどという巨大な陥没穴ができてしまい、マサミチ君のよく知っている賢いはずの金融の悪魔たちのうちの何人もが、呑みこまれてしまいました。マサミチ君は、土地というとなんだかイワンが耕す畑を連想してしまい、それに日本のバブル崩壊の記憶もあって、土地の抵当権を証券にして商うという方法に、あんまり気乗りがしませんでした。そのおかげで、それほどケガをせずに済みました。

その陥没穴に日本の経済も片足全部くらい落としかけたちょうどその頃、マサミチ君はひさしぶりに日本に帰りました。ファンドの方向性を少し変えようかな、という気持ちになったのと、それは人間ですからなんとなく疲れがでてきて、両親の顔を見たくなったのです。ついでに、あるシンポジウムにも顔を出すつもりなのでした。どういうシンポジウムかというと、「二十一世紀の日本がめざすべき経済とは」という、論点が茫漠としたありきたりのタイトルのものです。

ふつうなら、そんな場にでかけていくはずもないのです。でも、日本に滞在する期間に重なっていることもあり、そして、パネラーとして顔を出してくれるだけでもいいからと頼んできたのが、小学校時代に一番仲のよかったシンイチ君だったので、承知したのです。シンイチ君は、今は都内の私立大学で教鞭をとっていて、その大学でシンポジウムはおこなわれるのです。いえ、出席の理由は昔のよしみだけではありませんでした。マサミチ君が大嫌いだった六年生のときの担任も出席するのです。

彼は、マサミチ君がアメリカに渡ったあとしばらくして、経済学の博士号を取って関西の大学に職を得たのだそうです。最近では、グローバル化する世界の中で日本はどのようなかじ取りをすればいいのか、というような事柄について積極的に発言をしたり、著作を発表したりしているとシンイチ君は教えてくれました。元担任が経済学の学徒だったことなど知らない、というより嫌悪感が先に立ってしまい知ろうともしなかったので、まさかそんなことになっているとは知りませんでした。しかも、シンポジウムでは基調講演をするのだそうです。

マサミチ君は、そのことを聞かされ、一瞬ウッと言葉に詰まり、それからひと呼吸おいて

「出席させてもらうよ」と答えたのでした。

成功したファンドのヘッドであるマサミチ君が出席するということもあり、東京郊外にあるシンイチ君の大学の大講堂は満員に近い入りでした。マサミチ君は、元担任（ハシモト・アキノブという名前でした）の基調講演がはじまるぎりぎりに会場に到着しました。シンイチ君はハラハラしたみたいですが、講演を聴く前にハシモト元担任にあいさつをしたくなかったのです。そして、彼の話は、マサミチ君が日頃やっている遊びに対しては、どちらかといえば反対の立場からの発言でした。

リーマンショックによって新自由主義の底が割れた今、経済は本来あるべき姿、人間がそれに奉仕するのではなく、人間にそれが奉仕する、すなわち人間にやさしい経済にたちかえらなければならない。決して、超金融緩和によってデフレを脱却するのが先決だ、とか、リフレーションをめざすのがいいとか、そういった方向に歩を進めるべきではない。そうではなくて、まずは低賃金の非正規雇用を増大させてコスト削減をはかる企業の姿勢を改めなければならない。デフレは、そうした非人間的な行為の結果生じている症状に過ぎない。これから先、労働者をコストとしてしか見ないことをグローバル経営だ、という風にまちがって思いこむ経営者が必ず増えるはずだ。だが、企業が働き手の人間性や価値観を尊重しなくては、ほんとうの意味でのパフォーマンスはあがらない。

というような内容でした。マサミチ君は、なるほどなあ、と心のうちで嘆息しつつ耳を傾けていました。こういう考え方のひとである以上、無垢な労働をよしとするイワンより悪魔がいい、というマサミチ君を評価するはずはありません。ことさらに意地悪をした、というのでもなかったわけです。昔の記憶が、ちょっぴり色合いを変えた感じがありました。

基調講演が終わって、二十分ほどの休憩時間がありました。マサミチ君は、元担任ハシモト氏に近づいていきました。すると、相手はあの頃と同じように少しくちびるを曲げ気味に笑顔になり、おひさしぶり、と言いました。そんなに無神経でも鈍感そうでもありません。マサミチ君は、彼としてはほとんどありえないことなのですが、ほんのり赤面しました。

――たいへんなご成功ですね。今でも覚えていますよ、すごく卓抜な『イワンのばか』の感想文のことは。

――とんだ内容でした。

――いやいや、実に興味深かった。もっとも、小学六年生が書くものとしては、少々心配な感じもありましたが。それで、たぶん余計なことを口走った記憶があります。古い昔のことなので、どうかお許しください。しかし、イワンの方がずっと悪魔みたいですよ、と最後にあなたがおっしゃったときには、なにかすごく説得力を感じました。今でもよく覚えてます。

そんなことを口にした記憶は、マサミチ君にはありません。でも、くやしまぎれに言ったかもしれません。考えてみれば、たしかにイワンにはすべてがひと回りしてしまったあと、人間から動物に戻りつつあるようなそんな匂いがあります。国王なのに国が蹂躙《じゅうりん》されてもまるで無抵抗で平気なところなんて、まるで国なんてどうでもいいさ、と尻をまくっているグローバル企業の経営者みたいです。元は彼も悪魔で、さんざん戦争も浪費も無慈悲もしつくして、やがて自然に動物に還っていったのかもしれない。

そういう妄想が、マサミチ君の脳裏をよぎりました。貨幣を主軸にした資本主義も、やがて落差をひねりだすことができないエントロピーの平衡にたちいたるのでしょう。そうしたら、どんな悪魔な人間もみなイワンになるのかもしれません。でも、まあ、それまでには、だいぶ間がありそうだから、当分遊びの種が尽きることはないけれど、とマサミチ君は心のなかで強がってみせました。

淫らと筋トレ

芸術家になりたい、と、なんだか熱に浮かされるように思いつめたのは、あれはどのくらい昔のことだったでしょうか。横浜の港で野外写生をしたのがきっかけなのは、はっきり覚えています。だから、小学校のきっと五年のときです。妙にとぼけたような感じの緑色と白色のふた色にぬられた氷川丸を、山下公園から見て水彩で描くという課題でした。

まったく単純な心根《こころね》だったなあと、つい懐かしく思いだし笑いをしてしまうのです。しかも、その心根は、それこそ根っこのところでは、今だってあまり変わってはいないのだと、ケイイチ君はとりわけこのごろ感じるのです。憧れていた図工の先生にほめられて、ほんとうにからだじゅうがムズムズするほどうれしかったあの直截《ちょくせつ》ぶりに、ずっと素直だったらよかったのに。そう思えてなりません。

美術大学を卒業してまだ間がないその女の先生は、いい匂いがしてきれいでした。ベビーブーマーのピークからは、もう三年ほど過ぎていましたが、それでも五十人ひとクラスが七組。

その半分強を占める男子の、少なく見積もって六割は、週に二回の授業で、なんとかその先生の目に立とうとしていたように思われました。負けるわけにはいきません。

先生は、クラスメイトたちがかたまっているあたりからかなり離れたところで、ぽつんとひとり描いているケイイチ君のそばにきて、絵をのぞきこみました。初夏の微風で髪がさらさらなびきます。構図が大胆だし、色の使い方もとてもいい、と言ってくれました。

そうなのです。ケイイチ君は、船の全形を入れようとしてなるべく遠い地点で描いているクラスメイトたちとは、ひと味ちがうことがしたかったのでした。それで、船を係留している鎖にカモメがたくさん止まっている様子を中心にして、船尾の左側からもっくり盛りあがっていくような感じで氷川丸の後部を描いたのでした。

正直、それまでは絵に自信がある方ではありませんでした。紙粘土をこねたり、彫刻刀で芋版を作ったりは、まだいいのです。特に水彩がいけません。デッサンのときにくっきり濃く線描してしまい、そこに水彩絵の具をのせるものですから、なんだかぶかっこうできたならしい印象になってしまうのです。四年生までの男の先生には、そこをよく注意されました。だから、図画の時間は嫌いでした。

ところが現金なものです。きれいな女の先生（トヨダ・ミホコと、名前もはっきり記憶しています）になって、しかも、はじめての授業でやった自分の左手のクロッキーを、線の強さがあっていい、とその女の先生に評されたものですからたまりません。図工の時間を楽しく待ちこがれるようになったのでした。

芸術家というものは、画家も詩人も、そして音楽家も、崇高であったり美々《びび》しかったりする飾りつけを作品にほどこすことによって、観る者の美的感覚を満足させる。しかし、その美的感覚は性的本能の親戚で、その野蛮さをも共有しているのだ。とすると、観る者にとっては、作品よりも作者本人の方がいっそう素敵な贈りものなのかもしれない。芸術家の秘密を追いかけることには、推理小説を読むような魅力がある。

だからといって、絵の塾に通うというようなまじめな取り組みはしません。ケイイチ君は、そのころから自分でもうすうす悟っていましたが、みんながあまりやっていないような事柄にひとりで踏みこむ、というたぐいの独立独歩な気質がありませんでした。ただ、油絵を始めて半年で飽きてしまった近所のおじさんが、油絵の道具一式欲しいか？　と言ってくれたときは、写生の授業のすぐあとだったこともあって、ふたつ返事でゆずりうけました。そうして、わら半紙ほどの大きさの練習用カンバスに、絵の具をぬりたくってボーッと悦に入るのです。

フランスの美男俳優が主役を演じる『モンパルナスの灯』という映画を観たのも、そのころだった記憶があります。おかあさんがファンで、何度目かのリバイバルを見に行くのにケイイチ君も連れていったのです。描かれていたのはモディリアニという画家ですが、酒びたりで売れなくて貧乏なのに、モテモテです。金持ちのアメリカ人に絵を買ってもらえそうになったのに、結局主人公みずからがその商談をぶちこわしてしまい、酔っぱらって殺風景な屋根裏部屋に帰ってきて、妻の目の前でおぼつかない手つきで絵筆を取るシーンは、くっきりと目に焼きつきました。貧乏な芸術家にワクワクしました。

そんなものを見てしまったせいで、学校の復習などそっちのけ、油絵の具をぬりたくってぼんやり白日夢にひたるくせがついてしまったくらいでした。映画の主人公とはちがって、妄想のなかのケイイチ君は貧乏から一躍有名になってウハウハの大成功なのでした。でも、トヨダ先生は半年もたたないうちに、結婚して妊娠して学校を辞めました。ひょっとすると、順番がちがっていて妊娠して結婚したのかもしれませんが、どちらにしてもいなくなってしまったことにはかわりありません。

結婚という単語は、なにか雲をつかむようで、女子のようにキャーキャー反応するなんて思いもよりませんでした。でも、「赤ちゃんができました」という言葉がトヨダ先生本人のくちびるからこぼれでてきたときには、頭がぼんやりする一方で、下腹が熱くなるような生唾《なまつば》をのむような感じがあって、おもわずうつむいてしまいました。そういう想像力は、けっこうたくましいのでした。それから、だんだんとくやしいような気分になって、先生がいなくなってからしばらくたつと油絵の具をいじることもなくなりました。油絵の具のチューブは、すっかり乾ききってしまいました。

あれから氷川丸の色も、緑色からブルー、そしてできたてのころの黒にもどって、ついでに最近横浜マリンタワーの色も赤と白のツートンカラーから、骨組みが目立つ銀色になりました。ケイイチ君も、大人になって会社に入って、もう還暦を過ぎました。芸術家熱の始まりも終わりも、指折り数えたらくたびれるほど昔の話です。

といって、芸術家熱がトヨダ先生の妊娠でそれっきりほろんでしまったのかといえば、そうでもありませんでした。ぶすぶす燻《いぶ》るように、時折ひょいと顔をだしたこともあります。高校一年の英語の授業で、サマセット・モームの短篇集が副読本になったことがあります。辞書で単語を拾い拾い読むので、夢中になるというほど面白がりはしませんでしたが、ストーリーの巧みな工夫で読み手の興味をひきつけるところや、ピリッと皮肉の利いたオチのうまさは、しっかり伝わってきました。

もっとも、試験が近づいてくるとなると、話は少々ちがいます。自分で読み解くだけでは心もとないので、しかるべき翻訳を探しに本屋に出かけます。副読本に収録されている作品の翻訳が入った文庫本を見つけてホッとした瞬間、短篇集ではないタイトルが目に入ってきました。『月と六ペンス』。惹句を眺めると、なにやらゴーギャンの生涯に想を得た「芸術家小説」ということらしいのです。期末試験前なのに、つい買ってしまいました。

面白い。すごく面白い。でも、どうして自分が面白く感じるのか、実のところよくわかりませんでした。中年の株式仲買人が、突然絵を描くことにうちこみはじめ、仕事を放りだし、妻子を捨ててパリにおもむく。すさまじい貧苦のなかで芸術にひたすら身を捧げ、ついには絵画の歴史をがらりと変えるほどの作品を残す。そういうところは、たしかにロマンティックなように感じられました。『モンパルナスの灯』を観たときの思い出がよみがえります。

ただ、それが単純に格好いいのかというと、そうでもない気がするのです。なんというか、目をそむけたくなるような残酷さに、思わずうっかり惹かれていってしまうような感覚と言えばいいのでしょうか。他人とちがう自分を誇示したい気持ちもなくはない（だから、芸術家熱にかかったりするのです）ケイイチ君ですが、そのためにだれかをひどく傷つけるとか、ものすごく身勝手なふるまいをするとかいうのは、こわくてできません。というか、そんなことは考えたこともないのです。競争心は、なくはない。でも、期末試験の総合成績で学年四百人中三十番以内、くらいでそこそこ満足できる程度でしかありません。

なにより、『月と六ペンス』の主人公ストリックランドの狂気を帯びた暴力性（そう、あれはまさしく暴力です）には、くらくらめまいがしてきます。突然妻子を捨てるなんて序の口で、一番ショッキングだったのは、だれひとり評価もしないストリックランドの作品を、類を見ないほど卓越したものだと考えている友人の三流オランダ人画家に対する態度です。批評眼だけが一流で、自分が絵を描くとお菓子のきれいな外箱めいたありきたりのものしか創れないその友人の、ストリックランドへの献身は、作者が書いているとおり滑稽きわまりなく、腹立たしくなるようなお人よしぶりです。

その彼に対してストリックランドがお返しにしたことといえば、口汚い言葉で罵倒し侮辱し無視し金をせびり、あげくには友人が愛しぬいていた妻を横取りしたのです。その横取りのやり方も尋常ではありません。熱病にかかって死にかけているストリックランドを、まぬけなオランダ人画家は自宅に引き取ります。ストリックランドだけはお願いだから家に連れてこないで、こわい、と懇願する妻をむりやり説得してまでそうするのです。そして、妻に看病させ、やがてストリックランドの野獣的な魅力に引き寄せられた彼女は、狂気の画家のえじきになります。

なんと呆れ果てた人非人でしょうか。芸術家の汚濁と魅惑がめいっぱい詰まっているこの主人公の造型を、ケイイチ君はこわごわ味わって、その美味に、そして自分との隔絶に、胸がふわふわむらむらするのでした。友人の妻のみごとな裸体を描ききり、実際の交わりにも飽きると、ストリックランドはほんとうにぼろくずみたいに彼女を捨てるのです。絶望のあまり彼女は自殺を図り、苦しみぬいて死にます。それなのに、ストリックランドは、彼女をバカ女扱いするのです。

おお、そんな残虐が許されるなんて、芸術家ってなんてすばらしい、おっと、もとい、とんでもない残虐非道ぶりです。いや、別に芸術家でなくてもそういうひどいことはできますし、それで陰惨な事件が起きたりすることもケイイチ君は、もう高校生でしたからわかっていました。ただ、そこに芸術のレッテルが貼られていると、まるで価値があるような、実際には許されることでなくても許されるような幻想がうまれるところに、四十年以上前のケイイチ君は、たしかに魅了されたのです。と同時に、そういう幻想が、自分の人生において現実化するなどということは絶対にないのだと、ちょっぴりさびしくなりつつ納得する気持ちにもなったのでした。


「しかし、なぜ彼女を連れだす気になったんだ?」私は訊いた。

「そんな気はなかった」と、彼はしかめっ面をして答えた。「あいつが俺と一緒に来ると言ったんで、俺はストルーフェと同じくらい驚いたんだぜ。飽きがきたら出ていってもらうが、と言ってやったんだが、それでもかまわないとぬかすんでね」彼は、一瞬言葉を途切らせた。「あの女は、素晴らしいからだをしていたんで、俺は裸を描きたくなった。描き終えたら、興味がなくなっちまったんだ」

†

「あんたに捨てられたら、彼女はどうすると踏んでたんだ?」

「ストルーフェのところに戻ることだってできたじゃないか」と、彼は苛立たしげに言った。

「あいつはいつでも受け入れるつもりだったんだから」

「あんたは人間じゃない」と私は応酬した。

†

「人生なんてなんの価値もありゃしない。ブランチ・ストルーフェが自殺したのは、俺が彼女を捨てたからじゃない。あの女が、馬鹿で、心のバランスに欠けた女だったからさ。だが、あいつのことを喋るのは、もうたくさんだ。実にくだらない人間だったよ」

†

「あんたは、死について考えたことはあるのか？」

「考えなくちゃいかんのか？　どうでもいいじゃないか、そんなこと」

☆

兵庫県の街で営業部の課長をつとめていたあいだに、かなりゴルフの腕があがりました。もちろん、それまでも二十代のあいだ、損保の自動車ディーラー専門部門で、いくつかの支社に転勤しては東京の本社に帰ることをくりかえしていましたから、取引先との接待ゴルフは欠かせません。ただ、三十代半ばになって、しかも一応課長という肩書きがつくのですから、下手であればいいというわけにもいかないのです。六甲山付近にはたくさんゴルフコースがありますし、部下の営業職に細かいサービスをさせつつ、自分ではざっくり販売代理店のトップのご機嫌をとっておかなければいけません。あんまり下手だと、かえってよくないのです。

折しも、ちょうど日本はバブル期に入りかけた頃でした。長男がちょうど小学校に、そして長女が幼稚園にあがるという時期の転勤だったので、単身赴任ではなく家族みんなで引っ越しをしました。高級車が飛ぶように売れ、それに合わせて保険も売れるので、仕事は順調です。

　奥さんは、大学の三年後輩です。卒業する年、合気道部が参加する大会で乱取りをして、右手を少し傷めたとき、どういうわけか彼女が関係者の溜まりにいて、ていねいに湿布してくれました。テニス部の一年生だとあとから知りましたが、なんでそこにいたのか、あとから訊いても、笑って教えてくれなかったので、結局わからずじまいです。もっとも、そんなことはどうでもいいので、要するにケイイチ君は、小作りで細面の日本人形めいた、少し煙ったような表情の彼女に、ほとんど一目ぼれしたのです。

　バブル期が続いているあいだに、海外旅行保険をあつかう部署へと所属が替わって、東京に戻りましたが、おおざっぱに言えば、別に気分に変化はありません。とにかく毎日がわさわさと忙しく、業務をこなすことで文字通り飛ぶように日々が過ぎていきます。仕事以外のことをゆっくり考えるとか、業務とは無関係の本を読むとか、そういう時間を持つ余裕もないのです。それに、なにかをじっくり考えるという必要も、まったくといっていいほど感じません。しあわせ、ということにちがいありません。

　といっても、少し職権乱用の気味はありましたが、家族との海外旅行も頻繁にしました。なにしろバブルなのです。会社だって、実に鷹揚《おうよう》なものです。現地調査にからめて、もちろん、経費を浪費するなんてことはつつしみましたが、息子や娘にヨーロッパやアメリカ、オーストラリアといった土地を見せてやることができ、父親としてはちょっとしたプレゼントをしたような気分でした。もちろん、子供の方がどう思ったかはわかりません。でも、とても楽しそうにしていましたから、きっといい思い出になったはずだ、とケイイチ君は確信しています。

奥さんは、年月が経ってもふしぎに老けないひとで、いつまでもきれいでした。ケイイチ君は、それが内心けっこう自慢です。しかも、彼女はかしこいのです（こちらについては、ケイイチ君がしっかり気づいていた、とは言いがたいのですが）。ケイイチ君が一所懸命に、しかし、態度としては漫然と、周囲のひとたちと同じダンスを踊っているあいだにも、派手なお祭がいつまでも続くはずはないと奥さんは考えていたようでした。

その証拠に、好景気のあいだ、ケイイチ君のなかなかいいお給料のかなりの部分をこつこつ貯金しつづけましたし、不動産業を営んでこちらもすこぶる景気のいい自分のおとうさんからお金を借りて、土地ころがしをしたのです。ケイイチ君が兵庫から東京に戻ってきて、えいやっと買った一戸建てをころがして大きくしただけでなく、ほかの土地建物もころころころがして、バブルがはじける少し前に売り払ったのです。

税金はたいそうな額でしたが、それでもすごい金額が残りました。奥さんは、あいかわらず煙ったような表情でにこにこ笑いながら、今度はそのお金でいくつか小さなビルを買いました。管理は、彼女のおとうさんの会社です。ケイイチ君の方は、あぶくがはじけて会社が上を下への大騒ぎになったときに、一緒になってあたふたするばかりだったので、奥さんの手腕には感心というより、茫然とするばかりでした。なんだか、気味が悪いようでもあります。

とはいえ、奥さんがこんなにも心強い味方だということは、やっぱり幸運としか言いようがないことでしょう。なんだか少しプライドにへこみができたような気分になりながら、ケイイチ君は人生の幸福とはこういうものなのだろうな、などという感慨にひたるほどの心境になるにはまだ若かったので、やがて落ち着きを取り戻し、不景気の波を会社の一員としてしのぐのに力を尽くしました。

そのまま、水をくぐるアシカのようにスルリスルリと人生を泳いでいけるという無意識のもと、日々をやり過ごしていたケイイチ君でしたが、そうとも限らないことを思い知りはじめたのは、たしか二十一世紀に入って少したった時分からだったでしょうか。からだがだるくて重くてたまらなくなってきたのです。空気が鉛入りのジャケットみたいに、からだと気持ちにまつわりついてきます。

からだそのものに重大な変調があるわけではないのは、心配になって受けた精密検査でも保証されました。男性更年期か初老期の鬱《うつ》かしらと嫌な気持ちになりながら、急に背筋がぞくぞくするような思いで来し方をふりかえったりする時間も増えました。夏でも妙に寒くなったりします。大学や高校の同窓会の誘いが増え、以前は足を運ぶこともなかったそういう場所に出かけていくようにもなりました。

会社で役員をつとめるかたわら、見事な野菜を作ってニコニコしていたり、ゴルフ三昧の退職後を嬉々として語ったり、五十歳を期にNGOに転職して、アフリカのある地方で清潔な水が出る井戸を掘る仕事に精をだしていたり、国政選挙に打ってでようとしていたり、だれもがみなわれより偉く見ゆるし、第一ほがらかなので、ケイイチ君はくさってしまいます。みんなの前では顔をくしゃくしゃにして大声であははと笑っていても、皮膚一枚をはげば筋張ってひきつっています。

その時々はよく考えて生きてきたと信じてきたのですが、実はぜんぜんそうではなかったという痛みがからだじゅうにぴりぴり走ります。うかうかしていたら、もう前には中途半端な時間しか残されていない。そんな風に感じられてくるのです。残り時間を前向きに愉しもうというような覚悟は、とても持てない感じです。

貿易会社で四十年近く働いて、定年後は碁会所通いを無上の楽しみにしていた、ように少なくとも見えたおとうさんに、自分と同じような感覚があったかどうか、それとなく訊いてみようかとぐずぐずしているうちに、おとうさんは脳梗塞でさっさとこの世を立ち去ってしまいました。ズシンとこたえました。おとうさん亡きあと、年来の女友達ふたりと有料老人ホームに入ってしまったおかあさんに質問するような事柄でも、これはなさそうです。もちろん、なんとなく心配そうにしている奥さんに尋ねることでもありません。

くやしくてたまりません。腹がたって腹がたってどうしようもありません。自分のはらわたを、鋼鉄の熊手でひっかきまわしてやりたくなります。そして、そんな感情にかられてしまうことには、いっさいなんの根拠もないのだということには、またあらためて腹がたってくるのです。だって、どう見たってケイイチ君はしあわせそのものなのですから。

「君は壊滅的な馬鹿だな」と彼は言った。

「明白なことを指摘して、それのどこが馬鹿だと言うんです」

「ぼくは、描かなけりゃならないんだ、と言ってるじゃないか。そうするよりほかないんだ。人が水のなかに落ちたら、泳がなきゃならん。うまかろうがまずかろうが、そんなことは関係ない。水から出なければ、溺れちまうんだから」

ちゃんと生真面目に、時には必死になって暮らしてきました。でも、自分のなかに、まったく別の形の必死にならなければいけなかったなにかが、あったのかもしれない。ケイイチ君は、馬鹿〳〵しくてお話にもならないと、そうやってひそひそ暗くささやく心の声を鋭くののしります。自分がどの程度の人間なのか、よく知っている。ごくつまらない、どうってことのない男に過ぎない。言いつのるうちに、そこらじゅうがシクシク痛みます。まったくやってられません。

いくぶんかでもそうした痛みがやわらぐかと、ケイイチ君は昔なじみの、ながく手に取ることもなかった本を読み返してみたりしました。もちろん、『月と六ペンス』もです。高校生のときは、主人公のストリックランドの、芸術に一途になるがゆえの冷酷さに、ためらいがちではありましたが、魅力を感じました。六十歳近くになって読むと、奇妙なことに、彼の残虐さはむしろそれ自体が芸術であるかのように思われるのです。ぎらっとよく光ります。

読んでも、昔のように絵を描きたくなったりはしません。いや、昔よりもさらにずっと遠くなった気がします。中高年のための絵画教室になんか通ってもなんの意味もないし、そこに通ってきている女性を誘惑して、ぼろくずみたいに捨てることを目指すなんて、お笑いぐさにもなりません。万にひとつそれができたとしても、子供っぽい見当違いを重ねるだけのことです。

健康のためという名目もあり、ケイイチ君はかつての部活仲間に紹介してもらった道場で、大学卒業以来ご無沙汰だった合気道の稽古をやりはじめました。すると、少しは気分が上向きます。道場は、いくつかの武術の団体が時間をずらしながら使っている場所でした。

ある日少し早めの時間に行ってみると、抜刀道《ばっとうどう》のひとたちが試し斬りをしていました。試斬《しざん》台に立てられた巻いた畳表《たたみおもて》が、小気味よく（ひとによっては、それほどでもなく）斬られていきます。ケイイチ君は、若い時分から刀剣にはそれほど深い興味を抱いたことはありませんでした。むしろ、徒手空拳《としゅくうけん》の技の方がかっこいいと感じていました。

でも、その日畳表を斬り飛ばしてきらめく刀身を眺めているうちに、どんどん惹きこまれていくのを感じずにはいられませんでした。そして、それこそ身が貫かれるように、統制された暴力の美しさにうたれたのです。練りあげられた暴力は、もう芸術といっていいのではないのか。ほとばしるようにそう思いました。刀は、ストリックランドなのです。

ケイイチ君は、即日抜刀道に入門しました。合気道で杖《じょう》も剣も扱っていましたから、剣道の経験者ほどではないにせよ、上達は早いのです。なにより、熱心に稽古をするのですから、刃筋の立て方も、数カ月のうちにみるみるうまくなりました。たかが畳表を斬るだけでも、なんという手応えでしょう。下腹にじんと響くような快感があって、それはもうほとんど淫《みだ》らといっていいものでした。

ケイイチ君は、徐々に激務ではない部署に異動させられながら、還暦を目前にビルのメンテナンスなどを主業務とする子会社に、出向という名の転籍を命じられました。片道切符です。きっと刀をふりまわす前だったら、ひどく落ちこんだにちがいありません。でも、もう平気です。むしろ、定時に帰れる業務であるのは大歓迎です。これまでの仕事のやり方を暮らしの定点にしなくてすむのは、まったく楽でした。

☆

まずは、自宅の包丁を研《と》ぐことからはじめました。料理が得意な奥さんは、出刃や柳刃《やなぎば》、薄刃《うすば》といった和包丁を六本、鋼《はがね》の洋包丁を大小あわせて四本、計十本持っています。それを、粗砥石《といし》、中砥石、仕上げ砥石の順にじっくり研ぎあげていきます。最初は、力加減が未熟なまま熱心に研ぎすぎて、自分の指をすっかり削ってしまうこともしょっちゅうでした。ケイイチ君があんまり頻繁に研ぎすぎるせいで、包丁がよく切れてうれしいと喜んでいた奥さんも、しのぎがあっという間にあがってしまう、包丁が消耗しちゃうとストップをかけたくらいです。

鏡面に仕上げた切り刃の輝きにはうっとりです。眺めながら、やがて自分が造るだろう日本刀の姿を妄想の彼方に遠く眺めるのです。そう、ケイイチ君は畳表を斬るだけではあきたらなくなって、老いらくの刀鍛冶《かじ》になろうと心に決めたのです。なんという無謀な夢でしょう。それでお金を稼ごうというわけではないのですから、夢を見るくらいはまあいいとしましょう。そでも、六十を過ぎたケイイチ君が、ものすごく体力のいる刀鍛冶になるなど、不可能ではないでしょうか。

「あなたの年齢で絵を始めて、うまくいく見込みがあるものでしょうか。たいていの人は、十八歳で始めるんですよ」

「ぼくは今では、十八だった頃よりずっと早く習得できる」

「自分に才能があると思っているんですか」

彼はしばらく黙っていた。その目は通りすぎていく人々の流れに据えられていたが、それを見つめている風でもなかった。口を開くには開いたが、答えになっていなかった。

「ぼくは、描かなけりゃならないんだ」

いきなり刀匠に入門するのが、より芸術的に決まっています。でも、完全に突飛にはなれない宿命を負ったケイイチ君は、バイスやドリルややすりを買い込んで、まずは「ストック&リムーバル」、つまり鋼材からの削りだしナイフを造るところからキャリアを開始します。染色した鋼材にけがき針で形を描き、ドリルで穴を開け、金鋸《かねのこぎり》でナイフ型に切り取る。バイスに固定して、やすりをかけて、ブレードをけずりだして、と、鋼材の板がだんだんナイフへと近づいていく過程が、ケイイチ君をうっとりさせます。熱処理を他人まかせにしなければならないのは残念でたまりませんが、これも修業の一環です。我慢しなければなりません。

奥さんは、このごろはずいぶんいぶかしげな顔つきでケイイチ君のこの趣味を眺めています。もちろん、会社を完全に退職した暁には刀匠修業に入る、などとはまだ打ち明けません。すでに、ケイイチ君のふたりの妹と末の弟には、奥さんから情報が伝わっています。最近、変わった趣味を始めたんですってね、と電話で言われました。これが日本刀を打つ、ということになったら、みんなどんな顔をするか、今から楽しみです。ケイイチ君は、いたずら小僧独特の非文学的なサディズムを身のうちに感じるのです。くつくつと笑いがこみあげます。

考えてみれば、ずっと昔からほしかったのは、この性の目覚めを何度となくくりかえすようなサディズムだったのかもしれません。芸術なんて、それが売れるものであろうがなかろうが、所詮はそういうサディスティックな行為なんだ、とケイイチ君は独り合点しています。その意見にだれが反対しようが、もうまったくかまいません。そんなことはどうだっていいのです。ケイイチ君の時間は、刻一刻となくなっていくのですから。

休日になると、刀剣を見に出かけます。博物館に足を向けることもあれば、刀剣専門の店をひやかすこともあります。各地の刀剣博物館や専門店にも出向きます。でも、試し斬り用の二十万円ほどの刀をのぞいて、まだひと振りも購入していません。畳表をはじめて斬ってからすでに三年が経ったのですが、おそろしいほど無残で淫らで清冽《せいれつ》で剛力の作刀に出会わないから、というのがケイイチ君の理屈です。名刀といわれるものも、何振りとなく見てきました。時には手にも取りました。うなるような名品もありました。でも、まだ至極の淫らにはお目にかかっていません。

始原の恐怖があった。人間の業《わざ》とは思われなかった。黒魔術という単語が、彼の脳裏に浮かんだほどである。美であると共に、淫らなのだった。

ケイイチ君は、この二年、筋肉トレーニングも欠かしません。三十キロのダンベルふたつを使ったダンベルベンチプレスも、一セット十回を続けて三セットできるようになりました。こういうトレーニングをすることが、刀を鍛えることに役にたつのかどうか、ほんとうのところはよくわかりません。ただ、老いた自分の肉体が若いときとはちがって、自然に逆らうように肉付いていくありさまには、歯をきしきしさせたいような嗜虐《しぎゃく》の味があります。みずからが鍛えた刀で、このからだを切り裂いたら、そして、それでこの世界から去るのなら、そこには無上の悦楽があるのではないでしょうか。

『月と六ペンス』というモームの小説のタイトルは、あれはつまり「月とスッポン」という風な対比なのだという話です。芸術が月で、世俗が小銭の六ペンス。でも、自分の場合は、タイトルをつけるのであれば、さだめし『淫らと筋トレ』。これは、対比のようで対比ではない、とケイイチ君は思うのです。なぜかといえば、筋トレはしなければ、淫らな逸品を造ることなどかなわないのだし、淫らなものを使って滅ぼす肉体なら、はちきれるくらいの肉々しさがほしいのだからさ、と、昔油絵の具をぬりたくってひたった白日夢よりも甘美な、後光さす彼岸の刀を、ケイイチ君はくっきり思い浮かべてほほえみました。

もちづきのかけたることも

みかりんヲちーむみらむすカライセキサセテハナラナイ。ゼッタイニゼッタイニユルサナイ。スグちーむニモドシテ、みかりんノボーカルニフサワシイ、アタラシイキョクニスルヨウメイジル。コノメイレイニシタガワナイトキニハ、コチラニモカクゴガアル。クサカベヤスヒトヲテッテイテキニセンメツスル。

セキュリティー担当者からのメモには、さして害はないとは思いますが念のため、とありました。ありきたりの非難や中傷の手紙は、熟練した担当者が機械的にとりのぞいて廃棄するのですが、たまに懸念のあるものについてはあきこさんの手元にまわってきます。といっても警察に連絡を取ったりするのはまれで、数年前会社でプロデュースしているアイドルが出演する予定のイベント会場に、爆薬をしかけアイドルも殺す、という脅迫状がきたときくらいだったと記憶しています。手紙の出し主はすぐにわかって、威力業務妨害と脅迫罪で逮捕されました。あれ以来インターネットやツイッターでの悪口雑言《あっこうぞうごん》はずいぶんあっても、おどしめいた予告手紙とかそういうたぐいはありませんでしたので、ひさしぶりだなあ、というのがあきこさんの感想でした。

やすひと君のかたわらで仕事をしてきて、もうかれこれ二十年。彼がプロデュースするアイドルやタレントたちについての、さまざまなトラブルやスキャンダルをとりさばいてきたせいで、ほんとうによくないことが起こりそうなときには、なにか独特の予感のようなものがはたらくことが多いのです。そういう「感じ」は、今日のこの手紙からはただよってこない気がします。無視してもよさそうだな、という結論があたまのなかをよぎり、そのよぎったあとの波動が、あきこさんにふっとものの思わしい気分をはこんでくるようです。

やすひと君が、オフィスの扉をいきおいよく開けて入ってきました。妙にごきげんです。いつものように、元気〜？　もちろん元気だよね〜、としりあがりの、自分の質問に勝手に自答するお決まりの第一声を発すると、カシミアのロングコートと白いマフラーを一緒くたにぬいで、ひょいとあきこさんに渡します。あきこさんもいつものようにうっすらと笑って、それを部屋に備えつけのクローゼットにしまいます。白いマフラーは、たぶん最近だれかにもらったものでしょう。はじめて見ました。やすひと君の日頃の趣味にしては、どこかにやけた感じです。もの知らずで幼稚な若い女の子がプレゼントにしそうな品。

二軍送りのみかりんに代わってちーむみらむすのリードボーカルをとったもっちーと、やすひと君はこのところ噂になっています。クローゼットの扉をしめるとき、ちくりと憎らしくなりました。こまかく挽いた白こしょうを、いい気持ちで寝ているやすひと君の鼻の粘膜にこすりつけてやりたい。そんな感じです。でも、そんな機会はこれから先どれほど待ってみても、もう決してふたたびは訪れないのだということは、沁《し》みいるようにわかっているのです。テッテイテキニセンメツスルというさっきの手紙の文句を思いうかべ、憎らしさをその言葉によりそわせると、あきこさんはうっすら笑顔をたもったまま、やすひと君にむきなおりました。

よひ過《す》ぐるほど、すこし寝入《ねい》り給へるに、御枕上《まくらがみ》にいとをかしげなる女ゐて、「おのがいとめでたしと見《み》たてまつるをば尋《たづ》ね思《おも》ほさで、かくことなることなき人をゐておはしてときめかし給《たまふ》こそいとめざましくつらけれ」とて、この御かたはらの人をかきおこさむとす、と見給《みたまふ》。

ほら、ずっと困ってたGENジャパン生命プレゼンツの公演、やっとネタになりそうな本見つけたよ～。そういって、カバーなしの本を、やすひと君はあきこさんに手渡しました。『殴り合う貴族たち――平安朝裏源氏物語』というのがタイトルで、もみ烏帽子《えぼし》を頭にのせた下卑《げび》た顔つきの平安朝男子が暴力をふるっている図柄が表紙になっています。繁田信一という学者の人が書いた本でした。なんかさ～、学園不良モノとかをミュージカル仕立てにするのは食傷だし、歌舞伎仕立ても新味ないし、アニメネタはいやだし、ということで、今回は『源氏物語』ってどうかなあ。日本文学の最高峰だしさ、クライアント的にも、いいんじゃない？

Dash❤Oh！と超絶男児の連中に、烏帽子かぶせて平安装束でシング&ダンス&ファイトっていうコンセプト。

やすひと君は、そう言いながらあきこさんの表情をじっと、でも、視線はかすかにおちつきなく揺れながら見つめます。あきこさんは、うっすら笑顔の左眉だけ上げて、殴り合う貴族ってすごいけど、どういうの？　と訊きます。生煮えのまま彼がぶつけてくる考えに、少しでも反応が遅れたり、息を引き気味にしてしまうと、とたんにむずかりが生まれてしまいます。昔はこれほどではありませんでしたが、だんだんひどくなっているようです。仕事をとどこおらせないためには、呼吸の仕方も考えなくてはいけません。

学者が読みやすく書いてくれた本は、ほんとネタになるんだよね。『源氏物語』でもなんでも、王朝モノってやっぱり優雅感が突出してるじゃない？　よく読んでみるとちがったりするけど、読み終わればまた先入観がもどってきて、優雅〜ってイメージに支配されちゃう。でもこの本読んだら、藤原道長とかその他当時の貴族連中が、暴走族顔負けの乱暴してたっていう話なんだよね。道長なんて、官人採用試験に自分のひいきにしてるやつを受からせるために、試験官を拉致監禁して手心を加えるようにせまったりしてるんだよ。二十三歳のときにだぜ。すごくない？

従者同士のケンカで死人が出て、それが元で道長の親父の兼家の邸《やしき》が打ち壊されたりとか、道長の甥の伊周《これちか》は出家した元天皇と恋のさや当てのあげくに相手を弓矢で狙撃とか、おじさんの道長を暗殺しようとしたりとかさ。この伊周が、光源氏のモデルのひとりだっていうんだから、笑っちゃうよね。たしかに門閥《もんばつ》貴族なんて、光源氏もそうだけど、十代で宮廷の高い位につけるし、権力だって思うがままなわけだから、まあ、今どきの大金持ちや有力者の馬鹿息子のご乱行をうわまわってても、ぜんぜん不思議はない気はするけど。

で、肝心の芝居だけど、この本にあるみたいな強姦《ごうかん》とか誘拐とか首切り殺人とか、そういうやばいのは使えないけど、若い貴族たちの青春の息吹と恋の暴走、さや当て、つばぜりあい、お古いけど王朝風ウェスト・サイド・ストーリーって方向はどうかなあ、って思ってるんだ。女の子の配役には悩むけどね。この本にいろいろ書いてあるんで、『源氏物語』の翻訳を確認しながら読んだんだけど、「葵《あおい》」の巻にはたしかにけっこう乱闘シーンに近いものなんかあるんだよ。知ってた？

禊《みそぎ》の行列に近衛府《このえふ》の大将としてかっこよく参加する光源氏を見物しようと、源氏の年上の恋人の六条御息所《ろくじょうのみやすどころ》が牛車《ぎっしゃ》に乗って出かけたら、源氏の正妻の葵の従者たちに車めちゃめちゃにされていい場所を立ち退《の》かされたりとかさ。これ、御息所の生霊《いきりょう》が葵をとり殺すきっかけなわけで、紫式部うまいよなあ、やっぱり。夕顔と源氏が逢っているところにでてくる御息所の生霊なんて、あなたをこんなにもおもっているわたしがいるのに、こういうつまらないとりえのない女をかわいがってほんとにつらい、とか言って寝ている夕顔に手をかけたりするんだもん。やっぱ、こわすぎだよなあ、プライド高くてさかしらなのに思い悩みがちな年上の女。今回の芝居には、ホラー系はちょっと味濃すぎる気がするけど。

にやにや笑いながら一気にしゃべったやすひと君は、妙に意味ありげな表情になって、あきこさんの顔色を読むように息をつきました。年上の女云々という妙なイヤミを無視して、あきこさんはさらりと答えます。ある程度見渡せるプロットがないと断言できないけど、悪くない気がします。とりあえず、この本と『源氏物語』は読んでおきます。チームの選定はどうしますか？　いつも通りでいいですか？　やすひと君は、にやにやをひっこめて考える目つきになりました。加茂ちゃん入れて。たしか古典好きだったでしょ。あと音楽の方は、和風も得意だから石ちゃんかな。セリフは、久保っち。

そうだ、今思いついたけど、女の子はお姫様系の設定にしない方がいいな。虫愛《め》ずる姫じゃないけど、きゃりーぱみゅぱみゅみたいなグロ可愛い系でパンキーな感じもありだよね。あのさ、前にパッチワークでナメクジとか虫の部分を拡大した形を作って組み合わせて、面白不思議な服作ってるコ、紹介されたことあるじゃん？　あのコを衣装デザインに参加させて、それから歌うたわせらんないかな。そのあたり、ちょっとリサーチかけといてくれる？

プロットは今日中に上げられると思うから、会議は明日の設定でＯＫ。九時から二時間は空いてたと思うけど。もろもろよろしくね。あ、今日の十七時のあれは組み直しよろしく。本田君が連絡してくるから。やすひと君は、自分のからだが巻き起こす風で仕切り壁前の鉢に植えられているモンステラの葉をゆらしながら、自分のオフィスに入っていきました。あ、こっちのエスプレッソマシーンにコーヒー豆補充してね、の声を残して。

☆

さかしら心あり、何《なに》くれとむつかしき筋《すぢ》になりぬれば、わが心地もすこしたがふふしも出《い》で来《く》やと心をかれ、人もうらみがちに、思ひのほかの事おのづから出《い》で来《く》るを、いとをかしきもて遊びなり。

†

なか〳〵のさかしら心なく、うち語らひて心のまゝに教《をし》へ生《お》ほし立《た》てて見ばや、とおぼす。

年上の女はこわいとかさかしらとか、子どものいじめみたいなあてこすりは、要するにうしろめたさのあらわれなのだ、と納得はしています。小学生の男の子が、好きな女の子にみんなの前でブス、と心にもないことをはずみで言ってしまって、本心を言えないままブスブスと叫び続けるような、そんな雰囲気もあるのではないでしょうか。それでいて見放されるのはこわくてたまらない。単純でばかばかしくてあわれで底が浅くて、でも、とてもずるいのです。やすひと君は、噂どおりもっちーとつきあっているのでしょう。そういう風になると決まって、あきこさんに年上コール（といっても、わずかに五歳しかちがいません）を浴びせるのです。今回は、古典中の古典に引っかけて言いつのれるのですから、百万の味方といった気分なのだと感じます。

そんなに自分はさかしらだったかなあ、とあきこさんは首をかしげてしまうのです。大手広告代理店のクリエイティブ部局に入ってきたときのやすひと君は、むしろ年上好きだったようにもおぼえているのです。言葉の感覚にはハッとするようなところがたくさんありましたが、甘ったれでちょっとだらしないところがあって、ああ、でも、そういうところをフォローしてあげたりしたのがよくなかったのかも。結婚したことを大切に考えすぎて、相手に見えない許可証を出してしまったのかもしれないと、別れたあと折々ふと考えたりしました。賢くないからこそ、なんでも欲しがる子どもにいくらでも与えてしまって、なにをどうやっても大丈夫なのだと思わせてしまったのではないでしょうか。

いつも平静をよそおってきたのも、小面憎《こづら》いのでしょう。自分のあとに、というより、まだいっしょにいるあいだに、さらに年上の、やはりおろかな、でもどちらかといえば正反対のおろかさをもったひとに流れていったのも、極端ではげしくてひきむしられるような思いを味わいたかったのではないか。そうも思えてきます。といって、あきこさんにそういうふるまいができるかといえば、それはむりな話なのです。別れたのにしつこくてさあ、もう、ほんと、つきまといみたいなことまでされて困っちゃうよ。きみとはまるでちがうよねえ。後悔してるんだ。

そんな言葉を吐いてもご機嫌とりにもならないし、第一こちらにもどってくる気などさらさらないのは明々白々。売れる言葉をうみだす力は、ときには酷薄や無神経と背中合わせです。コピーライターから作詞家に見事に転身して、独立して事務所をつくるときに、手伝ってくれないかなあ、きみがきてくれれば一気に上げ潮にのれるんだけどなあ、離れてもいい距離感でこられたって感じてるのはぼくの方だけじゃない気がするんだよね、なんて、ふざけるな、なのですけれど、なぜ、いいけど、なんて口走ってしまったのでしょうか。女は男のことなどすぐにリセットするもの、というのが今どきの常識で、たしかにまちがいなくそういうひとが多いのですし、自分だって、と思っているはずなのに。いつも、からだの奥底にあさましいほどしがみついてはなれないお化けがいるようで、気持ちが悪いのです。

あらためて多くの時間をともに過ごすようになっても、やさしくもないのはそれまでと変わりません。やっぱりさあ、いろいろ経験を積んじゃってると、男に対して女の人も知恵が悪くついてるじゃない？　そうなると、妙に思い悩んだりうたぐり深くなったりして、こっちがそれほど浮気心があるってわけでもないのに、恨みっぽくなっちゃってさあ。そうなるとこっちも気分がよくないっていうか、浮気心の背中を押されるような？　そこへいくとさ、若くて物知らずなコはいいよねえ。こちらが先生っぽく教え諭《さと》すと、そのまま素直に信じてくれるんだよね〜。オトコの醍醐味は、幼稚なコを思い通りに育てる、これに尽きるなあ。

まったく大きな口を利くものです。若くてかわいらしくて従順だから、という見立てでそうやって育てたつもりの女の子が、もともとのひどく不安定な心もちをだんだんむきだしにしてきたときの狼狽ぶりをご覧《ろう》じろ。忘れたように口をぬぐっていても、わたしははっきりおぼえてますよ、とあきこさんは苦く嘲笑し、ああ、これだからさかしらな女呼ばわりもされるのか、とみずからにも苦みが沁みわたるのです。でも、なにかそこはかとなくおかしくあわれなのは、やすひと君のどういう言動が気に入らなかったのか、ビルから飛び降りて自殺するとマンションを飛びだしていった彼女を追いかけて、クリスマスのイルミネーションがきらめきまたたく夜の六本木を走りさがしまわりながら、携帯で必死に思いとどまるよう話しかけつづけたらしい彼の姿です。あけひろげなやすひと君は、あきこさんにもSOSと助力を頼みましたから、そんな一部始終が、直接目にしていなくともありありと目に浮かぶように記憶にはきざまれているのです。

もう十年以上経つでしょうか。あの子も、少し前にふたりめの女の子をさずかった、と芸能ニュースの片隅の記事ににこやかな笑顔で写っていました。ひとのしあわせなど、見かけからはどうやってもはかりしれないものではありますが、あのときスキャンダルにもならず（あきこさんが、ずいぶん努力しました）、はなやかなスポーツ選手といっしょになれて、にこやかに赤ん坊を抱いているのですから、今のひとときは不幸ではないのではありますまいか。考えようによっては、やすひと君の訓育が良きように根づいたのかもしれなくて、それは言祝《ことほ》ぐべきことともいえましょう。もっとも、当のやすひと君は、見込みちがいに舌打ちしきりでしたが。

ベタだけど、ここはやっぱり姫の取り合いだろうなあ。異母兄弟の朱雀院《すざくいん》の妃になるはずの朧月夜《おぼろづきよ》を、光源氏が奪っちゃったのが須磨流しの基本ラインでしょ。朧月夜と源氏の関係を朱雀院は許して朧月夜を寵愛《ちょうあい》するわけだけど、朱雀の母親は恨み重なる源氏を許さない、と。ということは、若い貴族をふたつの陣営に分けてさ、日頃から仲が悪いところにもってきて、源氏排斥をたくらむ悪役に煽動されて、敵意が攻撃に、でアクション。それから、陰謀発覚、誤解が解け和解、クライマックス歌い上げ。どう？　朱雀院の性格、もっとアクティブじゃないとダメだね。あとさ、役名むずかしいよ。スザクインとかヒョウブノキョウノミヤとかさ、若い子にはムリ。てか、主要登場人物名そのままいきます？　そうかなあ。意外にくいつくと思う。う〜ん、加茂ちゃんはさ、古典マニアの優等生だからなあ。でもさ、とりあえず源氏で売るわけでしょ？　そしたら、あんまり変えるわけにいかない気がするけど。あと、源氏って物の怪《け》ホラーでもあるじゃないですか。その辺は使わないんですか？　いや、考えたんだけど、それやると重くて収拾つかないかなあって思うんだよね。ただささ、陰陽師《おんみょうじ》を出すのはありで、呪いとかじゃなくて超能力だといけると思う。宙乗りもベタだけど、まあ必須だから。超能力で壁壊したり、監禁されてる誰かを救ったりはアリだと思う。どうかなあ、久保っち。いや〜、ストーリーはねえ、まあどういじりようもあると思うんすけど、問題は姫たちのキャラですかねえ。Dash❤Oh！と超絶男児フィーチャーで芝居でしょ？　映画なら女の子のキャラレベル強めもありですけど、芝居はねえ、女の子に力入れると観客そっぽですよ〜。ああ、たしかに。

ＡＫＢの舞台にきらきらジャニーズを相手役でだして、製作サイド炎上でぼろくそ、みたいなことになる可能性大ですよね。うわ、土屋君なんか力入ってるぅ。なに、あなた、ＡＫＢの推しメンありなんだあ。ひゃー、びっくり～。いや、ちがいますよ。そんな別に。ただその、そういうことかと。いや、女の子の観客はそこまでじゃないよ。むしろ、相手役に自己投影するからさ、そこを読みちがえなきゃいいわけで。いわゆる女臭さは使っても悪役だし、メインはやっぱりユニセックスのかわいいパンク系で行くわけで。あと、主役と張り合って最後和解の貴族には、ふりかえったら地味系か男前系姫がいた的な？　メインの姫はオーディションもありだけど、今ちょっと面白い心当たりをあきこさんに交渉してもらってるから。あ、そうすか。じゃあ、あとはセリフと歌のバランスっすかね。乱闘ありだと、けっこうののしり絶叫系もないと。雅《みや》びは、おいらにはちょっとむずかしいですけど。いや、そこは別にいいよ。詞はオレだし。だってさ、Dash❤Oh！と超絶男児にセリフ言わせたり歌わせるんだぜ。雅びはないよ、雅びは。そうすか。じゃ、その辺はいつも通りということで。あ～、それとね、夏休み公演だから、お尻けっこう来てるんだよね。石ちゃんに音楽監督は頼んでるんだけど、年またぎで申し訳ないけど、再来週の終わりまでにとりあえずの台本くれないかって。うえ～、それきついっすよ～。まあまあ、ムリでもがんばる！

あきこさんは、劇の内容には基本的に口を出しません。マネージメントの面でむずかしそうな時に、参考意見を述べるのみです。ただ、みなの話し合いに耳を傾けていると、かすかな違和感が胸のうちににじんでくるようなのです。やすひと君から渡された『殴り合う貴族たち』という本にざっと目を通したとき、ただの乱暴ではなくて強姦だったり弱い者いじめの暴力だったり人殺しだったり、わかりやすいようにいくぶん誇張して説明されているのだとは感じましたが、それでも胸が悪くなるような貴族たちのふるまいなのです。薄めたからといって、それを青春の息吹、はめはずしみたいな文脈にあてはめて面白がるのは、どこか釈然としないのです。

もちろん、今も昔も現実的にはそんなことがふつうにあるのは百も承知ですが、あんまり軽々しいのも考えものだと思えてくるのです。そういえば、あきこさんは戦争の英雄とか戦国時代の武将とかの物語も、好みません。ひとの心や命というものを、根のほうでは軽んじている強者の無神経のようなものを感じるからかもしれません。今日はどんよりした曇り空です。この冬最大の寒波がきていると、天気予報が報じていました。コーヒー、もうないですよね。持ってきますね。と、あきこさんはポットを手に会議室から、ひととき逃れました。

☆

水仙を買いました。空の高みの奥のほうでごーっと音がしているような、どこまでも青い色のそんな朝だったせいでしょうか。オフィスに向かう途中にある生花店を通りかかり、ふっと店内に目をやるとみごとな水仙があったのです。思わず店に入っていって、黄色と白と薄桃の三種をアレンジしてもらい、腕に抱えました。あきこさんは水仙の花が好きではあるのですが、あまり買うことはありません。買おうとした瞬間、水仙の花言葉が頭をよぎるからです。白は自己愛ですし、黄水仙にいたっては、私の愛に応えてほしい、とか、私のところに戻ってきて、というものなのです。単なる花なのですから、そんな少女趣味は抜きにして愉しめばよいのですが、日頃はそんなつまらないひっかかりのせいで、見かけても素通りします。それに、水仙は毒を持ってもいるのです。

でも、なぜかそういうこだわりを、今日はするりとすりぬけたみたいです。さわやかなのに、どこかなまなましい香りが胸元からただよってきます。ジャスミンのような匂いも混じります。やすひと君は、花の香りをあまり好みません。そのせいで、事務所には花のない緑の観葉植物しか置きません。でも、やすひと君はスペインに出張で、一週間ほど不在なのです。二〇二〇年のオリンピックは、てっきりバルセロナだと思ってたんだよなあ。別にそれだからってだけじゃないけど、スペインでガールズアイドルを結成するってオファーに、もろ乗りしたんだよ。あそこさあ、ヨーロッパでもアニおた系のニーズがけっこうあってさ。フランスやイタリアにもいることはいるけど、なんだか呼ばれてる気がするんだよね。

台湾でプロデュースしたボーイズアイドルグループがけっこう成功したあと、やすひと君は海外にも積極的にプロデュース範囲を広げています。スペインでオーディションをしたあと、ムンバイに二日立ち寄ってむこうの映画関係者とミーティングもしてくる予定です。帰り、どうしようかなあ、もう二日余裕できないかなあ。マカオにちょこっと寄りたいんだよね。どうかなあ？　と、出かける前のスケジュール調整のとき、あきこさんの顔色をさぐるようにやすひと君はすこしとぼけたように言いました。彼は大のギャンブル好きで、現地にもギャンブル用の口座を持っているほどです。一度に数千万円を費やしてしまうこともあります。

あきこさんは、ギャンブルをするときのやすひと君の目の色が嫌いです。普段も光が奥にこもるような冷たい印象ですが、それがほんとうに底の知れないいつやのない色合いになるからです。一度いっしょにラスベガスにでかけてそれを見て以来、同行もしませんし、その件については関わりも持たないようにしています。ただ、今回はそんな好き嫌いとは関係なく、単に事務的なスケジュールでダメ出しをしました。あ～あ、残念だなあ、もうこうなったら、東京オリンピックの芸術総合監督狙いでいくしかないかあ、都知事も替わるしなあ、とまるで関係ない（やすひと君の頭の中では関係あるのかもしれません）ことを言って、旅立っていきました。

ガラスの花瓶に水仙を活けて、デスクのうえのどこが角度がいいかをためつすがめつしていると、携帯に着信がありました。

そのなかにも、生きての世に、人よりおとしておぼし捨《す》てしよりも、思《おも》ふどちの御物語《がた》りのついでに、心よからずにくかりしありさまをのたまひ出《い》でたりしなむ、いとうらめしく……

いやな番号が表示されています。あきこさんからやすひと君を奪っていった、あのさらに年上のおろかな女です。三年ほどまえ、やすひと君がしつこく連絡してくる相手を面倒がって、あきこさんの携帯を教えてしまったのです。適当にあしらって、だなんて、いったいどういうつもりなのか、ただあきれ果てるばかりでした。以来、あきこさんにおかしな連帯感のようなものを持ったのかどうなのか、時折さぐるような電話をかけてくるのです。やすひと君に命じられて、わけのわからない名目（リサーチ料というような）をつけたお金を支払ったりすることもありました。慰謝料ちゃんと払ったのにね〜、と、あきこさんにはそういうちゃんとしたことをしなかった、いえ、あきこさんがそれをいさぎよしとしなかったからですが、それでも恬《てん》として恥じずにしれしれと彼は口走ったりするのでした。それどころか、あきこさんが処理する以外にも、なにかとポケットマネーからお金を融通してやっているようでもありました。

クサカベ（彼女はやすひと君を苗字で呼びます）今日はいないの？　携帯に出ないのよ。え？　出張？　そうなんだ。あのさ、お願いがあるんだけど。すごく困ってるのよ。少し都合つかないかなあ。百万でいいんだ。なにか名目つけて入れてくれない？　堅いこと言わないでよ。あなたが金庫握ってるんじゃない。経理なんて自由になるでしょ？　コンプライアンス？　そんなのどうでもいい。とにかく困ってるんだ。ほかに頼るところなんかないんだから、わたしは！　ひどい状態なのよ、からだだって調子よくないし。ねえってば、お願い。

噂はいろいろ聞いているのです。なにかあまりよくない筋の人とつきあって、すっかりアルコール漬け薬漬けのようなありさまだと、やすひと君がため息まじりにこぼしていました。それでも完全にかかわりを断てないのは、憐れみからなのでしょうか、それともうしろめたさなのでしょうか、あるいはほんとうはやさしくもないのにやさしげな甘やかしをすることが男らしい務めだと思っているからなのでしょうか。ふざけるな、と思うのです。それは軽蔑の別の形でしかありません。また、それを唯々《いい》諾々《だくだく》と呑んで図々しさをつのらせる女にもうんざりです。

なに、その言い草。あんただって同類じゃないか！　かん高く割れる声が、ひどく聞き苦しくてあさましい。いつもべったりあいつにはりついて、けっきょく未練たらたらどこまでもずるずるしてるなんて、そっちの方がよっぽどみっともないじゃない。クサカベはね、あんたの悪口をよく言ってたんだから。融通が利かなくてひとりよがりで、いかにもやさしいようなふりをして息ができないくらい束縛するって。でも、おんなじように、わたしのこともほかの女のところで悪く言ってるのもよく知ってるよ。面と向かって小娘に馬鹿にされたことがあるもの。小娘の方がよくて出ていったのはしかたないけど、なにもひとの性格がねじまがっているだの普通じゃないだのっていう権利があの男にあるわけ？　くやしいのはそれよ。今のなんとかいう噂になっている小娘にも、適当なことをいってなめまわしているに決まってるじゃない。だけどね、もう全然なんとも思ってないわよ。あいつへの気持ちなんてとっくに死んじゃって

新刊案内

2015年7月

平凡社

平凡社新書780

女性画家たちの戦争

吉良智子

第二次世界大戦中、女性画家も男性画家と同様に戦争をテーマにした作品を描いた。長谷川春子、桂ゆき、三岸節子、そして女性画家集団・女流美術家奉公隊の足跡を紹介する。

840円+税

平凡社新書781

宮崎駿再考

『未来少年コナン』から『風立ちぬ』へ

村瀬学

3・11のあとに宮崎アニメを考える。その世界に刻まれた破局のイメージと、それを乗りこえる、日常の中で地球規模の力を感得する特異な認識力。その働きに、今をとらえ直すカギを探る。

860円+税

平凡社新書782

移民たちの「満州」

満蒙開拓団の虚と実

二松啓紀

満州事変以降、日本の大陸政策、昭和恐慌下の農村更生策の一環として遂行された満州移民政策。開拓団体験者から託された資料を軸に描かれる〝等身大の満州〟。

840円+税

平凡社ライブラリー830

たそがれの人間

佐藤春夫怪異小品集

佐藤春夫
編＝東雅夫

鏡花や与謝野晶子、芥川に谷崎、そしてタルホ――。「化物屋敷」に集められた親しい作家らも登場する、虚実ないまぜの物語の数々。『可愛い黒い幽霊』に続く怪異小品集第4弾。

1400円+税

東洋文庫862

アルパムス・バトゥル

テュルク諸民族英雄叙事詩

訳＝坂井弘紀

ユーラシア大陸の広範な地域に存在するテュルク系諸民族。彼らの間で広く語り伝えられた英雄叙事詩の本邦初訳。勇士アルパムスが活躍する各民族のテクス[illegible]

3100円+税

いるんだから。わたしはね、わたしはね……。

相手の言葉に腹をたてたからだとは、思いたくありません。それはたしかに、胃のあたりに砂袋をぶつけられたような感覚がなかった、とはいえません。でも、そのせいではない。ないはずなのです。強いていえば、水仙の毒に刺激されたのかもしれません。それまでは決してしなかったことでしたが、おかえしのように彼女についてやすひと君がぺらぺら喋ったことをたきつけかえしてやりました。そして、やすひと君が言ってもいないことも、つまり、お金をゆすりたかりのようにせがんでくるみっともない女には、金輪際うんざりだ、二度と声も聞きたくない、と洩らしていたと告げました。今後なにかねだりがましいことを言ってきたら、会社として処理する、すなわち拒否ということに決めた、とも。

最初から逆上している相手の様子から、心のバランスがぐずぐずになっているのは、すぐに察知できました。いつもなら、波風が立たないような対応をするのがあきこさんでした。でも、そうはしませんでした。最後の叫びは、こっちにも覚悟がある、でした。どこかで聞いたような、と思ったときに、電話は切れました。

緊急連絡が入ったのは、三日後のことでした。大変です、写真集のサイン会でもっちーが、望月が女に襲われてケガを。それが、あの……。と、マネージャーが絶句するので、あきこさんにはすぐにわかりました。覚悟がそういう形になるとはっきりわかっていたわけではありませんでしたが、予感のようなものがなかったといえば嘘になります。いや、そうではありません。なにかそういう方角にむけて自分がひと押ししてしまったような感覚がありました。あぶないことも平気でしでかすようなところがある人だとわかっていた気がするのです。

警備や剃がしのバイトの子たちはなにしてたのよ！　いや、あの、オバさんがまさかと思ったみたいで、ぼくも、あれっ、あの人は、って思って見とがめてはいたんですが、まさかあんなことをするとは想像もしていなかったんで。ケガの具合は？　カミソリがちょっと腕に当った程度で、出血はしましたがごく軽いケガです。今病院からなんです。指示お願いします。

やすひと君は、スペインからムンバイに移動中のはずです。すぐに連絡をとらなければなりません。それに、マスコミにも手当てをすぐにしないと。目まぐるしく対応を考えあせるあきこさんの頭の奥底のほの暗いあたりでは、しかし、妙なあきらめのようなやすらぎのようなものが広がっていきます。警察に捕まった彼女は、きっといろいろ喋るでしょう。のぼせあがったファンが、勘違いのあまりアイドルを襲った、というようなことではないのですから、好奇はそういったことよりずっと大きくなるだろうと感じられました。

やすひと君は、どんな風に切りぬけるのかな。相当大変だけれど、きっとうまくやるんだろうな。あきこさんは、自分を勘定に入れずに考えているのです。もう面倒くさくなっちゃった。そんなセリフが、はっきり文字になって脳裏をよぎっていきます。みずみずしさが少し失せてきた水仙を眺めて、やすひと君の行く末をこれまでのように近くで眺めていくのか、考えどきになったように思えました。潮が静かにひくように、あきこさんのもの思いが去っていくようです。香りを深く吸いこみました。

物思《おも》ふと過《す》ぐる月日も知《し》らぬまに年もわが世もけふや尽《つ》きぬる

負けるようには創られていない

みんながどっと笑ったので、サイトー君はちょっとびっくりしました。別に面白いことを口にしたおぼえはないのです。担当教員も、ふきだしています。ぼくの将来の夢は、なるべく早く引退することです、と発言しただけなのです。それがそんなにおかしいことかなあ、とサイトー君は、むしろ笑っているみんなの方が変なんじゃないかという気がして、きょとんとしてしまいます。その意図しない間《ま》がなお面白いらしく、たいていの学生（特に女子）はくすくす笑いながら、きらきらと期待に満ちた目でサイトー君の次の言葉を待っています。

そもそもフレッシュマン・ゼミなんて、受けたくもありませんでした。でも、一年生は全員強制的に受けさせられるのです。サイトー君は、しゃべるのはそんなに好きではありません。だから、受講生には何回かスピーチもしてもらいます、というシラバスを見た瞬間に、ひたすら嫌になっていたのです。そうしたら、やっぱりこの始末です。最初のひとことだけで終わりたかったのですが、教員が決めた持ち時間は三分もあるのです。ままよ（サイトー君のおじいちゃんがよく使う言葉です）と、缶詰の白アスパラをマヨネーズなしで食べる時のような気持ち（マヨネーズをつけたって大嫌いですが）で、鳥肌を立てながら言葉を続けます。

えーと、この大学を四年で卒業して就職します……職種は別になんでもいいです、そこそこサラリーがあればそれでよくて、なるべくきりつめて、できたら半分くらい貯金したいです……それで十年以内に会社を退職して、海辺に土地と畑を買って自給自足に近い暮らしを送りたいと思います……あ、でも、少しは現金収入も必要なので漁業権を手に入れて、好きな釣りで趣味と実益を兼ねてほそぼそと暮らしていって、運がよければ奥さんとかもらって家族ができればしあわせです、それでたぶん七十五歳で孫三人くらいにもみとられて畳の部屋で死ねればそれでもういい感じです。

よどみない早口の部分とよどみきって絶句している部分がまぜこぜになったサイトー君の話を、小さい教室内にぐるっと四角く配置された机に居並んで坐る同級生の面々は、なんだかあっけにとられたような笑い顔で聞いていました。そして、彼がぷつっと途切れたように話を止めると、一瞬間があいたあと、やはり半笑いの教員は、もう終わり？　まだ、たっぷり一分残ってるけど？　ギブ・アップ？　と言いました。はい、ギブです。サイトー君は、逃げるように黒板の前から自分の定位置にもどって坐りました。

その彼を追いかけるように、教員は、あ、漁業権なんて具体的な話があったけど、なにか当てはあるの？　と質問しました。はい、祖父が伊豆の方で漁協に所属しているので、とサイト

さ寒さに合わせられさえすれば、どうでもいいのです。実際、体格が決まった中学三年の頃に買ってもらった衣類は、下着にいたるまで（破れた靴下は、さすがに捨てました）今もしっかり着ています。たぶん、少なくとも大学を卒業するまで、それほど買い換えなくても済むでしょう。

そんなこんなで、交通費や教科書や学校での昼食や、その他入り用なもののために使っても、いつもおこづかいは半分以上（お年玉はほとんどまるまる）残りました。唯一欲しいのは釣り道具くらいで、でも、それもおじいちゃんのお下がりで充分なのです。別に貯める気もないのですが、お金はそのまま郵便局の口座に積まれています。同じように別に入る気もなかった大学に、せめてお願いだからと推薦枠でエントリーして合格した日に、入学金と授業料を自分の貯金で払うと申しでたのですが、おとうさんに却下されました。すっきりしたかったサイトー君は、一瞬ガッカリしましたが、そうだ、おじいちゃんが新しい船を買うときの資金にしよう、と思い直しました。船舶免許を取るのにも、ちょっとは必要だし。軽トラックもだいぶ潮焼けしているから、換えるのもありだ。

おじいちゃんが、サイトー君によく言ってました。おまえは、頭がいい。頭なんてものを必要以上に使おうとしないところが、とてもいい。むやみに考えたりしていると、運てものはさっと逃げるものさ。はじめて言われたのは、たしか小学校五年の夏休みだったと記憶しています。でも、きょとんとしただけです。今だって、さっぱりわかりません。ただ、その言葉は、なにかの拍子に暗い気持ちになりそうになると、ふいっと目の裏側に浮かんできて、サイトー君にほっとひと息つかせてくれるのでした。


老人は少年に漁のやりかたを教えてきたし、少年は老人を愛していた。

「いや」と老人は言った。「お前は運のいい舟に乗ってるんだ。その仲間と一緒にいなきゃいかん」

「でも、覚えてるはずだよ。八十七日間あんたが一匹も魚が捕れなくて、そのあとぼくたち一緒になって、三週間ずっと毎日、でかい奴を何匹も釣ったじゃないか」

「覚えてるさ」と老人は言った。「俺の力をうたがってお前が離れていったんじゃないことは、よくわかってる」

「とうさんが、ぼくをあんたから引き離したんだ。ぼくは子どもだから、とうさんには逆らえない」

「わかってるさ」老人は言った。「それが当たり前だ」

「とうさんには、信念があんまりないんだ」

「そうだな」と老人は言った。「だが、俺たちにはある。そうじゃないか?」


ああ、おじいちゃんと釣りがしたくなってきました。サイトー君の家族は、独り離れて暮らしているおじいちゃんのところにサイトー君が入りびたるのを、あまりいい目では見ません。昔みたいに、休みの間じゅうずっとおじいちゃんと過ごせたらいいのに。連休中に行ってこようかな。サイトー君は、すっかり闌《た》けて、春というよりもう初夏といってもいいような陽光が、曇りガラスをとおしてさしこむ教室で、同級生たちの三分間スピーチ「将来の夢」を聞き流しながら、うっとり海の中を思いました。そういうとき、かならず脳裏によみがえるのは、おじいちゃんの家からそう遠くない海岸にある、船でしか行けない小さな入り江です。

小さい頃から、いったい何度おとずれたことでしょう。七月半ばから九月いっぱいまでは、一般の海水浴客も渡船で行けるのでにぎやかですが、それ以外の時期はとても静かなのです。水が特に澄んでいる晴れた日には、入り江の上の方からのぞきこむと、よく南の島の写真にあるような、船が空中に浮いている感じに見えるほどです。春休み、まだ水はずいぶん冷たいのですが、おじいちゃんに買ってもらった子ども用の半そでウエットスーツを身につけ、大岩やそれに毛が生えたくらいの小島が複雑に入り組んだ入江の中を、自在に泳ぎ回るあのうっとりする感覚は、いまだにうまく言葉にできません。

海面から眺めると、入江の海底は白い砂と岩場がくっきりわかれ、岩のうえには色とりどりの海草類、イソギンチャクの群落、緑色の枝分かれした堅いサンゴや、ふにゃふにゃやわらかくて不気味で妖怪めいた、一見サンゴらしくないサンゴがくっついています。その岩のまわりをひらりひらりと泳いでいく魚たち。美しいオレンジ色のキンギョハナダイや鮮やかな黄色にスカイブルーのヨコスジフエダイ、エンゼルフィッシュのようなハタタテダイといった南国風の魚が舞うむこうで、黒々したメジナやサバやアジが、群れをなして素早く泳いでいます。極彩色なのにのたっとした雰囲気のウミウシも素敵です。

小さいサイトー君は、手モリを片手に美味しそうな獲物を追いかけます。海水浴にやってくる客には禁じられていますが、おじいちゃんが漁協の一員だからできる特権です。さすがにイセエビなんか狙ったりしたら怒られますが、のろまなカワハギなんかは楽な獲物です。皮が堅くてモリが刺さりにくいのですが、おじいちゃん仕込みのサイトー君ならばお手のもの。エラのあたりを狙って一撃です。トコブシだって、貝剝きでこじっていただきです。水中で反転するたびに、きらりきらり、太陽の光線が視界いっぱいにきらめきます。エメラルドの水から顔をあげると、船の上でおじいちゃんがどこか渋そうな笑顔で応えます。チャイムがなりました。大きくなってしまったサイトー君はハッと身震いして、なにも書かなかったノートと筆記用具をカバンにしまいました。

☆

おじいちゃんは、謎でもあります。サイトー君が物心ついた頃には、もう彼が知っている通りのおじいちゃんではありました。黒潮がすぐそばを流れる明るい塩辛さの海で、わずか六メ山伏修行後に生まれたひとです）は大反対をしました。でも、おばあさんは、あのひとはあれでいいのよと言って、かばったのです。その話を思いだすたびに、すごい太っ腹だ、とサイトー君はいつも思うのです。

そのおばあさんは、でも、六年前にふいに亡くなってしまいました。ちょうど九月の十五夜の時分でした。昔なじみのお得意さんとゴルフコースを回っている（仕事のために、中年になってから一所懸命ゴルフを習ったのです）最中に、急に気分が悪くなって倒れ、その翌晩病院で息を引き取りました。脳幹出血でした。サイトー君はお葬式のときのおじいちゃんの顔を忘れることができません。冴え冴えと透きとおっているのでした。まるで固まってしまったかのように、表情が動きません。涙も見せません。まるで皺のひとつひとつまで固くなったようで、木彫りのお面です。そして、透明なのです。うしろになでつけた豊かな白髪まで透明でした。

サイトー君のおとうさんは、涙ひとつこぼさない、あの人非人《にんぴにん》、と陰で吐きすてるように洟《はな》をすすりあげながら、やはり泣いているサイトー君のおかあさんに言っていました。うっかりそれを耳にしてしまい、サイトー君は、なぜか自分がとんでもない悪者であるような気がして、いたたまれない気持ちにさいなまれました。ただ、おばあさんが亡くなって三年目の夏、おじいちゃんのところに例によって何日か泊まっていたとき、その気持ちをちょっぴり埋め合わせるような光景を目撃もしました。

夜トイレに起きると、食事をしたりする居間の方で、ぼそぼそ喋るような声が聞こえてきます。足音を忍ばせて廊下をそちらにむかって進むと、障子が三センチほど開いています。そこからおそるおそる覗いてみると、ちゃぶ台の向こう側に、おばあさんのかなり若い頃の写真が写真たてにたてかけられていて、それにむかっておじいちゃんがなにごとか語りかけているのです。右手には焼酎のコップが握られていて、なごやかな空気がすうっと流れていました。サイトー君は、聞き耳を立てるのはやめて、そっと寝床にもどりました。

お前はやつが生きているとき、たしかに愛していたし、そのあとだって愛していた。愛してさえいるなら、やつを殺してもそれは罪じゃない。いや、それとも、罪以上なのか？

「おいぼれめ、お前は考えすぎなんだ」と老人は大声で叫んだ。

☆

すごく大きなクロカジキでした。毎年七月の終わり頃になると、おじいちゃんの家から車で三十分ほどの場所にある大きな港では、カジキ釣りの大会が開かれます。その時期には、サイトー君はたいてい近所をうろうろしたり、釣りをしたりして過ごしているのですから、その大会も見慣れています。朝七時半になると、百隻以上のプレジャーボートが一斉に港を出航していく姿は壮観ですし、取材のヘリコプターの音もうるさいほどです。午後三時のタイムアップは言いません）になったの？

　唐突な質問に、少し目を見開きながら、おじいちゃんは簡単に答えました。

――好きだったからだよ、釣りが。

――それだけ？　でも、山伏修行したり仙人になろうとしたこともあるって聞いたよ。新聞記者からも遠いけど、漁師にもずいぶん距離がある気がするんだけど。

　今度は、本格的に苦笑されました。

――つまらんことを聞いてるんだなあ。今思うと、ずいぶんおかしなことをしていたと思うよ。おばあさんにも、ひどくわがままな迷惑をかけた。悪いとは思っている。でも、後悔は……していないかもしれない。

　おじいちゃんはくちびるをいくぶんとがらせて、空を見上げ目を細めました。目尻に深い皺が何本もできます。

――人生は二十まで、と思いながら育ったんだ。

――え？

――おれが生まれたのは戦争の真っ最中でね。最初は中国との戦争、やがてはアメリカと戦うようになった。習ったことはあるだろう？

　サイトー君は、あやふやにうなずきました。くわしくわかっている気がしないからです。

――戦争が終わった時、おれは十三歳だった。死なかくてすむ、とうれしかったけど、同時になんだか生きてるってことが、すごく変てこに感じられてね。しばらく我慢したんだけれど、子どもが生まれたりしたら、急にうまくコントロールできなくなったんだ。

おじいちゃんは、吊りさげられた巨大なカジキの方を眺めながら、首をごきごき鳴らしました。

――『老人と海』って小説知ってるか？

――知らない。どんな話？

――不漁続きで運に見放された老人が、一発逆転を狙って大きな魚を釣りあげようと小さい帆船で出漁するんだ。沖で待望のカジキをかけたんだけど、相手があまりに巨大で仕留めるのに三日三晩もかかった。五・四メートルもあって船より大きい魚だから、ふなばたにくくりつけて帰ろうとすると、サメが襲ってきてカジキをむさぼり食いはじめる。老人は必死で闘うんだが、獲物はすっかり骸骨にされちゃう。精魂尽き果てた老人は、家にかえってライオンの夢を見る。そういう話。

ふうん、と、サイトー君は不得要領にうなずき、首をごきごき鳴らしました。ライオンの夢っていうのが妙な感じですが、それ以外は好きな内容のようにも思えます。

――おれが好きなのは、すぐに引きつって不自由になる左手をだましだまし、大きなカジキと闘っているうちに、主人公の老人が魚と自分の見分けがつかなくなるところなんだよ。それを読んだとき、ああ、これはおれだ、と直感したのさ。どうして自分なんてものが存在して、しかも自分を自分だなんて考えたりするのかさっぱりわからないというのが、要するにおれの幼い悩みだったわけだ、と気づいたんだ。そんな決して答も出ない青臭い考えにおびやかされているなんて、馬鹿げている。まるでちっとも姿を見せない、しかも小説とはちがって、ほんとうはいないのかもしれない巨大な魚と格闘するようだって感じたんだ。それで下手な考えで悩むのはやめにして、漁師になったんだよ。

サイトー君にはうまくついていけない話だった。おそるおそる、あきらめたの？　とたずねると、いや、意外にそうでもない、とおじいちゃんは渋く笑いました。

おい、お前は俺を殺しかけてるぞ、と老人は心に思った。だが、お前にはその権利がある。俺はいままでお前ほど大きなやつに遭ったことはない。お前ほど美しいやつ、お前ほど冷静で気高いやつにも遭ったことはないんだ、兄弟よ。さあ、来い、俺を殺してみろ。どっちがどっちを殺そうが、かまやしない。

☆

大会が終わったあと、その夏は時化が続いて、サイトー君がカジキ釣りをすることはかないませんでした。

連休に行くことはできず、結局大学最初の夏休みがはじまるまで、サイトー君はおじいちゃんの顔を見ることができませんでした。高三の夏休みは、サイトー君が急性虫垂炎にかかって手術をしなければならなかったので行けませんでしたから、高三の春休みに二日ほど出かけて以来、一年と四カ月ぶりです。それでも、この十年以上ほとんど変わらない状態で元気にしているおじいちゃんでしたから、別になにひとつ心配していない、というか、なにか変化があるというような意識が、かけらも頭にのぼってはきませんでした。メールで簡単に、「明日行きます」とだけ打って、鼻歌まじりに出かけてきたのです。だから、いきなりおへそからからだの中に手を入れられて、ぎゅっと胃袋をにぎられたような驚きでした。

おじいちゃんは、ひどく痩せていました。元から太ってはいないひとでしたが、筋肉はしっかりついていて、痩せ型でも力強いどっしり感がみなぎっていました。ところが、今は大きく育ったあと枯れてしまったウドの幹そっくりです。指先でつまんだだけで、ぱりぱりと音をたてそうです。声も出しにくいのか、しわがれています。どうしたの？　という声を呑んで、サイトー君は玄関に突っ立ったまま棒になりました。すると、おじいちゃんは、ニヤリと笑いました。その笑い方は、今まであまり、いえ、たぶん全然見たことがないような雰囲気をたたえていました。渋くないのです。目がきらきらして、若い感じさえあります。

——待ってたよ。

サチオ君も、言い訳のうそはひとなみによくつきました。本当のことを答えるより、ずっとなめらかに口からすべりでるのですから、仕方ありません。そもそも、あったことややったことをそのまま言うなんて、沽券《こけん》にかかわる（サチオ君は、いつ覚えたのか覚えていない「沽券にかかわる」という古風な言い回しが好きでした）と思えてならないのです。それに、物心ついた頃には、本当の本当に本当のことなんて、この世にあるのかなあ、とサチオ君は考えるようになっていました。そう考えるような子でしたから、うそをつくことに罪悪感はまるでありません。ただ、美しいうそと見苦しいうその区別はあると思っていました。そして、どうせつくなら無上に美しいうそをつくのでなければうそだ、とも信じていたのです。

そんなわけで、ほかの人から見れば馬鹿げていて、ほとんど罪深いといってもいいような考え方かもしれないのですが、サチオ君はうそをつく技術を心の底から磨きあげたいと願っていました。仮病を使って幼稚園を休む時でも、病院に連れていかれてしまうまでにはならないよう、水銀が入った体温計をほどほどの温度にごまかす失敗しないやりかた（サチオ君が子どもの頃は、まだデジタル体温計はありませんでした）を寝ずに考えたり、万一病院に連れていかれた場合どうやってお医者さんをだますか思いつめたりするのです。両親をはじめ、おとなはサチオ君のうそにたいていい簡単にだまされましたが、それで満足とはいかないところが彼一流でした。うそを見破っても、おとなは子どものことだからと見逃してくれているのかもしれないと気に病み、自分のうその細部がすこしでもぶざまに感じられたりすると、実際に具合が悪くなったりするのです。まったく変わった子どもでした。

☆

小学校三年の秋に、こんなことがありました。北海道のどこかにヒグマがあらわれて、その町の人たちが警戒している、というニュースがテレビで流れました。夕飯にでた好物の酢豚をほおばる口の動きがとまります。頭のなかで映像が目まぐるしく動きます。ヒグマは、サチオ君の住んでいるあたりにはいません。でも、猿ならいそうです。東京の郊外といっても、サチオ君の家から歩いて十数分のあたりはほとんど山といっていいような場所で、森は深く、開けたところには野菜畑がひろがっています。同級生に農家の子がいるのですが、その子の家に遊びにいってモグラ退治を見物している時に、昔は猿が畑を荒らして困ったけれど、この頃はまるで見かけなくなった、というおとなたちの話を小耳にはさんだこともあります。猿でいこう、と決めました。

翌日から五日間、サチオ君は放課後になると、山の下見をしました。といっても、あらかじめ見当はつけてあります。人家からはなれて飛び地になった柿の畑があるのです。前にサチオ君も、そこで甘い実を失敬したことがあります。さらに、そこの畑道から先に歩いて森のなかに入ると、以前何度か小魚をとるためにビンドウを仕掛けに来た場所があります。理想的でした。

角の立った岩がごろごろしている小渓流の岸におりるには、そこそこ急な斜面を用心深くだっていかなければなりません。斜面には、落葉樹の湿った枯葉がうっすら積もっています。ぬめっとした土が露出しているところがあちこちにあるので、そこから滑ればいいでしょう。クヌギやミズナラの倒木が何本かあるので、うまく止まれる感じです。これなら、ころげおちてもそれほど大ケガにはならないだろうと、サチオ君はちょっと身震いをしながらも下腹に力を入れました。

小雨が降った次の日、満を持してころげおちました。大きな猿に襲われたのです。放課後、急に沢ガニ獲りがしたくなって、たったひとり林道から川原におりようとした瞬間、真っ赤な顔の大きな猿が一匹、森の奥からあらわれて、かあっと牙をむきだしてサチオ君をおどしました。おどろいてふせぐように両腕をあげて顔をかくすようにすると、飛びかかってきました。わあっと叫びながら、サチオ君は斜面をすべりおちたのです。倒れた木の幹にランドセルが引っかかってとまりましたが、泥だらけですり傷だらけです。持っていた手提げかばん（図画工作で使う絵の具や画帳が入っていました）もありません。

斜面をはいあがって畑の方にもどると、大猿は柿にかぶりつきながらこちらを見ています。猿がいる場所の十メートルほど手前には、ぐちゃぐちゃになった手提げかばんが落ちています。思わずそれを拾おうと近づくと、大猿はまたかあっとおどしてきました。サチオ君は必死でかばんをつかむと、一目散に家に走り帰りました。おかあさんが交番に連絡をします。近くのいきつけの医院で手当てを受けていたサチオ君が、かけつけてきたおまわりさんに現場を教えます。行ってみると猿の姿はなく、あたりには野放図に食い散らした柿が散らばり、畑のふちにせまっている森の枯れた下生えに、かきわけたあとが残っていました。数メートルのところであとがとだえているのは、そこから猿が木に登って伝い逃げたからだろうとおまわりさんをはじめおとなたちは考えたようでした。周辺一帯に、猿に注意するよう警報が出されました。

翌日、心配する両親に傷は大丈夫と言って、サチオ君は学校に行きました。学校でもかなりな話題で、先生は気づかってくれますし、クラスメイトばかりかほかの学年の子どもたちまで、どんな風に襲われたのか興味津々で質問しにきます。ことばをあまり多くするとかならずボロがでるのはわかっていましたから、あくまでも、よくわからない、夢中で逃げた、こわかった、と口数少なく、ちょっとうちひしがれてみせます。もともとサチオ君はわんぱくではないおとなしい子で通っていて（目鼻立ちが整っていて女の子より色白なので、よけいそう見られていました）、みんな同情してくれます。ほんのりいい気分でしたが、仕事はまだ終わっていないと気をひきしめます。

最初に大猿におどかされた日から数日かけて、じっくり仕上げに入りました。昼間はみんな働きにでていて、しかも戸じまりがゆるい家を三軒選んでありましたから（ぜんぶ裏手が森につながっています）、じゅうぶんあたりの様子をうかがいつつ台所を荒らします。ポテトチップスの袋などは念入りに引きさき、食べ散らかしたようにする分をのぞき、用意したビニール袋にしまいます。あとで、わからないように埋めるのです。そのほかにも、猿が開けられそうな棚という棚は開け放ちます。自分の痕跡は決して残さないよう気を配りつつ、猿の足跡めいた泥の跡をつけてまわりました。

サチオ君は、どこかで自信たっぷりなのでした。猿がどうふるまうものであるかは、図書室のとぼしい本や書店の立ち読みで、できる限り調べはします。でも、それより大切なのは感じることなのです。頭のなかのスクリーンに大猿を映しだすと、ごく自然に相手の行動がはっきりわかってしまうのです。どうしてそうなるのかは、わかりません。相手を真剣に真似することと、それそのものになってしまうこと。サチオ君は、それがぴたりとはまる瞬間に、たとえようもない気持ちよさにひたされるのでした。あまり目立ってはいけないと思うのでふだんはやりませんが、他人の特徴をつかんでしぐさや声を真似したり、書いた字をそっくりそのまま再現したりもできるのです。猿を真似するより、むしろこちらの方がはるかに簡単です。

成人してのちも、サチオ君はこの特技でいろいろ得をしたのですが、それはともあれ、まぼろしの大猿はサチオ君の住む町にささやかなパニックをもたらしたのです。柿の畑が荒らされて四日後、大根畑がやられたあと、ついにかなりのおまわりさんが投入されることになり、それどころか地元の猟友会にも招集がかかって山狩りがはじまりました。新聞の三面記事やテレビのニュースにさえとりあげられたのです。サチオ君は、研ぎあげた刃物のうえを素足で渡る芸を目にしたことがありました。猿になっている間は、わくわくしながらも、ちょうどそんなスリルがあります。そして、最初に考えていた行程がすべてとどこおりなく済んで、その結果がニュースになったことで、ほんのりあたたかい満足をおぼえ、ずっと溜めていたようにも思える吐息をふーっとつきました。あとは、自分が生みだした美しいまぼろしが、蜃気楼のようにかき消えていくのを味わえばいい。

☆

だけのはずでした。でも、世界はサチオ君をふいうちしました。猿がつかまったのです。大きな老いたはぐれ猿でした。麻酔銃で撃たれ、網でからめられた上に縄でぐるぐる巻きにされて交番前に運ばれたあと、大猿は檻に入れられました。そもそもの第一発見者であるサチオ君は、檻の前でテレビのレポーターにインタビューされました。からだが痛むほどの屈辱の思いに苛《さいな》まれながら、うつむいて大猿に出会った時の恐怖をぼそぼそ喋ったのです。みじめでした。まぼろしのままうそは虚空に溶けていくはずでした。それが美しさであるはずなのに、不条理な世界がサチオ君をあざわらったのです。うそから本当が出現するなんて、そんなふざけた話がゆるされていいものでしょうか。こんなの沽券にかかわる。サチオ君は、自分の不幸に泣きそうでした。しかも、屈辱をうわぬりするように、一頭のイノシシまでが猟友会のひとりによって仕留められたのです。こうしてサチオ君は、ただの本当を見つけただけの少年になりさがってしまったのでした。

†

私は日曜日の子供、つまり幸運児だったそうだ。およそ迷信などというものに縛られないように育てられたのだが、それでも、ファーストネームがフェーリクス、つまりラテン語で「幸福」だったり（代父シメルプレースターの名に因《ちな》んだ命名である）、体の造りが上品で見目麗しかったせいもあって、私はこの事実に特別に神秘めかした意味を与えずにはいられなかった。じっさい自分の幸運への確信、自分が天の寵児であるという確信は、心の内奥にいつもいきいきと宿っていて、総じてこれが虚言の咎《とが》を受けたことはないと断言できる。

†

「世界を小さいと見るのと、大きいと見るのと、どちらが有効か」。

†

あらゆる種類の征服者・支配者というものは、その本性上、世界をチェス盤のように小さいと思っているに違いない。そうでなければ、個々人の幸不幸などお構いなしで大胆不敵に、自分らの見晴らしのいい計画通りに事を進める無慈悲な冷酷さなど持ち合わせていないだろうから。

†

この世界を大きな無限の誘惑に満ちたものとして尊重してきた。世界にはどれほど甘美な至福

があるか知れず、それを求めてどんな努力もするに値すると私には思えたのだ。

まぼろしが現実に食い殺されてしまった事実は、サチオ君を深く考えこませました。敗北感は、秋からひと冬にわたって彼の心を苦しめました。でも、生来の負けず嫌い、それに、この世界を真似してしまえるのだという、どこからやってきたともしれない自信がサチオ君の支えでした。「本当」のヤツに先手を打たれないためには、もっと慎重でなければならない。世界の様子をうかがうためにも、とりあえずみんながさほど注目しない優等生になる。もとへ、そんな優等生の真似をすることを、自らに課すことに決めたのでした。たいしてむずかしいことではありませんでしたから、起きている時間の大半を本当との対決の準備にむけた精神のトレーニングに使える利点もあります。もっとも、その対決が本当はなんなのか、実は見当もつかないのではありましたが。

☆

優等生の真似といっても、同級生にはサチオ君がお手本にするほどの能力の持ち主はいません。ですから、サチオ君は優等生としての自分自身を意識のスクリーンに投影することにしました。もともと記憶力は人並みはずれていましたから、小学校程度の勉強などどうということはありません。教科書に一度目を通せば、先生のもたついた授業のあいだ寝ていたとしても、なんの問題もありません。ただ、「優等生」ということばには、授業中に寝たり騒いだりしないという意味合いも含まれていましたから、もちろん、すました顔できちんと教室の椅子にすわっていました。サチオ君が思春期を過ごしたのは、子どもをおとなと認定するまでの期間のありかたが、日本の歴史上たぶんもっとも単線化した時期、つまり学校の制度が決めた階段をきちんと登れば「いいおとな」と認めてもらえる時代でした（体温計がデジタルになった頃でもありました）。それもあって、優等生でいさえすれば、少なくともサチオ君にとっては、どういう邪魔も入らずばかばかしいほど簡単に過ごすことができたのでした。

銀行に勤めていたおとうさんのお給料もどんどん良くなっていったので、家も都心に引っ越し、サチオ君は進学校として有名な私立中学に入りました。勉強の形も少し変わります。たとえば、算数は数学という名前になり、そのなかの特に公理という考え方は彼を魅了しました。この世界をどこまでも探っていくのはキリがないので、とりあえず自明のように思われる事柄を真理だと無批判に認め、そこからさまざまな命題を組みあげていくというのは、見事な空中楼閣に感じられたのです。あくまでも仮定に過ぎない公理から生みだされたものが、本当として通用する。でも、根は宙に浮いているのです。

外国語も素敵でした。猫と cat というふたつの単語のあいだにはなにひとつ緊密な関係はありません。ただ、にゃーと鳴くと日本語では表現される動物を、どちらの単語も指しているということだけが両者のつながりなのです。それは人間が勝手に決めた約束事で、当の動物とは本当は無関係ですし、猫ということばさえ、別にほかの字や発音であってもいっこうにかまわないのです。ということは、どれもこれもうそといってもよくて、それを使って、まるで絵を画びょうでとめるように人間が世界をくぎづけにしても、世界の方はとんちゃくなく鳴いたり叫んだりするのです。サチオ君は大猿が出現してしまった時に感じた屈辱が、だいぶ晴れていくのを感じました。いずれにせよ、英語の真似は実に容易でしたし、そのほかのことばもいくらでも真似ができました。その真似に、ちょっとした熱意がこめられる、というのがうれしかったのです。もっとも、目立つ気はなかったので、同級生や先生には隠していましたが。

ここでこそ、諸民族のあらゆる舌を操る私の才能について、コメントを差し挿まなければならない。それは常に途方もなく、神秘に満ちたものであった。生まれつきの素質が普遍的、世界のあらゆる可能性を内に持つ私は、本当に外国語を学んだという経験を持つまでもなく、その一かけらでも私の耳をかすめれば、少なくとも短時間の間は、流暢に喋れるという印象を与えることができるのだ。

†

これは、私が外国人の精神に満たされて恍惚とせんばかりの幸福を味わうということと関係していた。私は外国人の精神の中に入り込んだ、あるいはそれに捕らえられた。――霊感に満た

された状態で、そうなると、どこからとも知れず、言葉が次々と私の心に浮かんだ。

☆

　とはいえ、退屈もどんどんふくれていきました。いえ、退屈というよりしらけてひやっとする空気が、からだをとりまいている、という方が近いかもしれません。うそのなかで本当に暮らしている同級生とは、おだやかでにこやかな関係を作ってはいても、べつにどうという面白さがあるわけではないのです。本もずいぶん読みました。それなりに興味深くはあっても、やはり、サチオ君を熱中させてくれるようなお話にはなかなかめぐりあえないのです。ただ一冊、高校二年になってすぐの頃、題名に惹かれて読んだ『詐欺師フェーリクス・クルルの告白』という小説には共感をおぼえました。物真似の才能にめぐまれた主人公が、あらゆるものに変じることができる力を使って世界と愛を交わそうとする。美しいうそそのものになることで、世界と対等になろうとする主人公には、なにものにもなりうるなにものでもないかろやかさがあって、味わいは悪くありません。

　その味わいというのは、サチオ君にとってはあまりにもあたりまえのことが、かなり仰々しい形ではありましたが、素直に書かれていることからしみだしてくるようでした。いささか軽々しい主人公ほどには、この世界への愛を感じたことがないサチオ君でしたが、このフェーリクスとならなかなかいい友人になれそうな気がするのです。ただ、終わりまで読んでみると、小説は未完のまま終わっていました。作者は、四十年以上のあいだ、何度も中断しながらこの小説を書きつづけたのに、それらしい結末にまではたどりつかなかったのです。そして、それはなぜかとても自然なことのようにも思われました。せっかくのうその行く末をもっともらしく着地させれば、とたんにそれはうそではなくなるのではないか。サチオ君はそんなふうに感じるのです。本を閉じた時、自分の行く末もまた、虚空にふいっと吸いこまれて消えていくような、そういうさみしさとも愉悦ともつかない感覚に襲われたのです。

フェーリクスの真似をしてもいいな、と思ったことがひとつありました。成績さえよければ出席にはそれほどうるさくない学校でしたから（先生によっては、出席をとりませんでした）、サチオ君は東京の盛り場を昼間からぶらぶらするようになりました。そして、どことなくものほしげにしている年上らしい女性を見つけると、視線をさまざまに使ってみるのです。喫茶店だったり、ショッピングモールのなかだったり、時には夜のとばりがおりたあとの酒場だったり、場所はいろいろです。おどろいたことに、どこかたよりなくて甘えたような、それでいてものやわらかに包みこむような青年の姿を真似すると、ふいをつかれたように女性たちはサチオ君のそばにやってくるのです。男性としての意識もはっきりしてきたサチオ君にとって、それはうずうずする快感でした。

サチオ君のしなやかで弾力のある筋肉におおわれた細みのからだをだきしめ、おんなのひとたちは年上ぶってなぶろうとしてみたり、反対におとしめてもらいたがったり、甘えることを命じたり、わざと奇矯なことを口にしてたしなめてもらいたがったり、独占したがったり、急にこごえるような表情をしたりするのですが、どのひとも決まって彼に自分のことをありったけ話したがるのでした。サチオ君は、相手の心の奥底にしみいるような表情で、無心にそれに聞きいるのでした。すると、おんなのひとたちは、また狂おしいほどの愛撫をするのです。そのひとたちみなを、たったひとりで、しかもすげなくせずにもてなすのは、もちろん勉強などよりはるかに骨が折れました。自然というものは、なんと不可思議な生きものを産みだしたのでしょう。そのことにあきれながら、サチオ君は彼にできるせいいっぱいのいつわりの誠実さを育てるように最大限の努力をしました。

「あたしをお前って呼んで！」突然彼女は呻いた。絶頂が近かった。「下種《げす》のお前呼ばわりで、あたしを貶めて！　辱メヲ受ケタイノ！　ソウサレタイノ！　オオ、オ前ガ大好キ、可愛イオ馬鹿ノ奴隷、アタシヲ辱メテ……」

☆

大学には、進学しませんでした。優等生の真似をしつづけても、先行きに面白そうなことがないということもありました。でも、そう決心するもっと現実的なできごともあって、それはおとうさんの逮捕でした。銀行に勤めていたおとうさんは、いつのまにか横領に手を染めていたのです。そもそもの原因は、入ってくる給料以外になるべく秘密にお金を手に入れたい、と思ったからのようでした。女性やらなにやら、ついついお金をかけたくなるような誘惑にかられたという、よくある話でもありました。最初は手持ちの資金で具合よく株などを運用できていたのですが、世の中の景気がどんどん悪くなったために、すっかりまずくなったのでした。

肉食獣にしても海のサメにしても、簡単に危険もなく仕留められる傷ついた獲物を好むものです。しかも、鋭い嗅覚は、血を流しているいけにえのところにあやまりなく彼らを導いていくのです。サチオ君のおとうさんが劣勢を挽回するために、詐欺師のみせびらかす高利のえさに飛びついてしまったのも、あるいは同情すべき点があったかもしれません。が、サチオ君にとっては、それはむかむかするような愚かしさなのでした。集めたお金を株や為替《かわせ》にして賭け、もうけたりすったりします、と口では言いながら、実際にはそんなことはまるでやらずに右から左、あらたな犠牲者からお金を巻きあげては、さもさも投資をしているようなふりを続ける。日本語では、そういうやり方をネズミが増えることになぞらえてみたりしますが、要するに欲に目がくらんでなければ簡単にわかるようなやり口なのです。それなのに、世界中のそこかしこ、とりわけお金が余っているのに、もっともっともっとともうけたがるひとびとが群れ住んでいるあたりでは、何年かごとにそのやり口が猛威をふるっては大騒ぎをひきおこすのです。いい加減学習してもよさそうなものなのに、どうしてこんなぶざまで醜いうそに、多くのひとがうっとりだまされてしまうのか、サチオ君にはまったく理解できません。そういう愚かしいふるまいを、まさか自分の父親がするなどとは想像もしていなかったので、自分自身がひどく侮辱されたような気にさえなりました。

おとうさんが、職場での立場を利用してくすねて、詐欺師（フェーリクスと同じ呼び方だなんてむごすぎる、とサチオ君は息が詰まりそうでした）の散財のもとでにしてしまった金額は、ずいぶん大きなものでした。ですから、おとうさんがふたたび社会にもどってくるには、長い時間がかかるでしょう。おかあさんは、それを待っているつもりはないようでした。おとうさんが捕まる前から、ふたりの仲は冷たくなっていたようでしたが、両親とは夕飯時にさえあまり顔をあわせないようになっていたサチオ君は、うかつにも気づきませんでした。自分にとってどうでもよいことには、サチオ君はひどくうっかり者でもあったのです。そんなわけで、三人家族はばらばらになりました。

サチオ君は、例の「腫れものにさわるように」という使い古された言い回しそのものの視線や扱いを、半年ほどのあいだ受けながらして、高校を卒業しました。おとうさんが収監されてしまうとすぐ、おかあさんは戸籍から抜けて、サチオ君でさえ目をぱちくりさせるほどのすばやさで、別の戸籍に入ってしまいました。おとうさんが買った家もそのまま無事ではいないと思えたので、面倒ごとはごめんだと、サチオ君も退散することにしました。彼をいつくしんでくれているおんなのひとが、ありがたいことにたくさん不動産を持っていましたので、空いている部屋に居候をきめこみ、そこから高校の卒業式にでかけました。面倒を見てくれているそのおんなのひとは、芸能界にもずいぶん伝手《つて》があるようで、あなた、役者になったら？　とすすめてくれました。でも、サチオ君はあんなにはっきり人間をパロディする仕事には、なにか乗り切れないものを感じるのです。それに、目立つことを職業にするのもいやでした。で、考えたあげく、彼女が出資しているという大きなレストランに見習いとして雇われることに決めたのでした。

☆

——来てくれてありがとう。今日は、きみに折りいって頼みがあるんだ。

——いやにあらたまったごあいさつですね。なんだかこわいな。

サチオ君は冗談めかしながらも、テーブルのむこうに坐っている相手の、妙に底意を感じさせる薄笑いを用心深く観察しました。なにしろ相手は詐欺師なのですから、自然と身がまえる感覚になるのです。金融コンサルタントという職業がすべて詐欺的だ、などと言うつもりは、もちろんサチオ君にはありませんし、不当でまちがった定義と言うほかありません。ただ、金融コンサルタント≠詐欺師ではあっても、金融コンサルタントを名乗るこの男＝詐欺師が正しいことは、少なくともサチオ君には自明なのでした。

それでいて、もう数年にわたってなんとなく親しげに、何歳か年上らしいこの男とつきあっているのですから、奇妙といえば奇妙でした。ひとつには、このシゲイ・ミツロウという人物が、だましてもらうために進んでやってくるようなひとたちを食い物にする醜いタイプではないと感じていたからです。やっていることは、たぶん犯罪、もしくはそれとすれすれのようなことにちがいない（とサチオ君はにらんでいました）のですから、まっすぐおおっぴらにミツロウ氏が仕事内容を洩らすはずはありません。が、彼が別の詐欺師や犯罪者を食って腹を満たしているのだろうと、サチオ君は確信しています。獲物は、シャコ貝よりも固く殻を閉ざして、容易に他人を信じたりしない連中ばかりでしょうから、うそをついてだます努力もたいへんなのだろうと思えます。技術だって、きっとすごいでしょう。ミツロウ氏の薄くてつやめいた唇がやわらかくことばを吐くのを眺めていると、それがひしひしと伝わってきます。

——長いつきあいで、おたがいがおたがいの正体を、なんとなくわかっていると思うから、単刀直入に言うね。

——正体って……。ぼくの正体がなんだというんです？

サチオ君は、相手の口調に、いつもとはかなり異なった硬い芯があるのを察知しました。

——決まってるさ。君は僕とよく似ている。それも、君が表向きにはあらわにしていない奥底にあるものがね。まあ、要するに天才的なうそつきの才能ということなんだけどね。

にやにや笑いのミツロウ氏に、サチオ君はめったに見せない顔いっぱいの笑顔をふりむけます。

——あははは。よくそんなことがわかりましたね。

——もちろんさ。同類ってそんなもんじゃないか？　で、頼みっていうのは、君をゆずってもらいたいんだ。

——え？　なにをゆずるっていいました？

サチオ君は聞きまちがいかと思って問い返しました。

——君をゆずってもらいたい、って言ったんだよ。

聞きまちがいではありませんでした。

「ねえ、クルル」と侯爵は、再び私の向かいに座りながら、話しかけた。「僕たちはこれまでずっと互いにいい関係でいた訳だけれど、それがこんなに近付くなんて——互いを取り換えっこするほど接近するなんて、ついさっきまでいったい誰が予想しただろう！

ミツロウ氏は、どうもしくじったようなのでした。獲物にした相手が、いずれわなにかかったことに気づき、たけりたって襲いかかってくるのを予測しているらしいのです。それで、彼はサチオ君に変身したいというのです。

——そんなむちゃな。そんなあぶない貧乏くじを、ぼくが引くはずないでしょう。いちおう正気なんですから。

——いや、君にぼくの身代わりをしてもらうつもりなんて、さらさらないよ。

彼はそう言うと、ジャケットの内側から戸籍のコピーをとりだしてひろげました。その書類には、天涯孤独を絵に描いたようにぽつりとひとり、カミヤマ・タクロウと読むのでしょう、そういう名前がありました。本籍地は、福岡県の知らない地名でした。

——買う時に分籍して、三回本籍移動して、さらに養子縁組もして念入りに洗ってあるから大丈夫。

——いや、大丈夫って、そんな。

そう答えながらも、サチオ君の頭のなかにちいさないなびかりが走りました。

——ということは、あなたがぼくになって、ぼくがその本籍の人間になって、あなた自身はどこか虚空に消えるという算段ですね。

——そう。もう、このカミヤマ名義でアメリカの銀行に口座ができている。失礼だとは思ったけど、君の会社の売却額を見積もって、それに少しイロをつけてある。もちろん、その金もぐるぐるまわしてあるから安全だよ。

——手回しが良すぎますね。ぼくが、うんと言わなければどうするんです?

ミツロウ氏は肩をすくめ、ひょうきんに右眉を吊りあげた。

――そうしたら、別の人間をさがすさ。でも、わかってる。君はことわらない。

おとうさんが捕まってから十二年が過ぎていました。そのあいだに、サチオ君は、飲食店を一軒一軒まるでちがったコンセプトでプロデュースするフランチャイズ方式で、会社を大きくしてきました。彼がお店ひとつひとつにまとわせる物語性は奇抜だったり、しっとり優雅だったり、ひどくなつかしかったりして、人気を呼びました。今では、エンターテインメント系飲食業の中堅と言われるようになっています。七年たって刑務所からでてきたおとうさんにも、おすそ分けをしてあげました。ただ、それからまもなくおとうさんは亡くなってしまいました。おかあさんとは没交渉ですから、サチオ君が別のサチオ君になってもたいして不都合はないでしょう。

それに、と、サチオ君はおだやかな笑顔のミツロウ氏を、ちょっといまいましいような気持ちでにらみました。ずいぶんおとなしく辛抱していましたが、そろそろ飽きがきていたのです。それを見透かすように、別人への誘いとは。

――わかりました。買収話もなくはないので、会社を売るのはむずかしくないと思います。時間の余裕はありますか？

――まだ半年は大丈夫。

――了解。

もうサチオ君はいくぶんサチオ君ではなくなりかけていました。すでに洗われはじめているのかもしれません。めでたくタクロウになったら、五十万ドルだしてアメリカの永住権でも買うか、などとらちもない考えにふける元サチオ君なのでした。心機一転、今度こそ素敵に美しいうそがつけるかもしれません。そうありたいものだ、とサチオ君はウェイターがテーブルに置いたウィスキーのハイボールを口に含んでみました。辛い泡がはじけて消えていきました。

硬くてきれいで無慈悲で

ある朝、不安な夢から目を覚ますと、グレーゴル・ザムザは、自分がベッドのなかで馬鹿でかい虫に変わっているのに気がついた。

もちろん、たしかに、ほかの家族に落ち度がまるでなかったとは……ああ、いや、卑怯な責任逃れに聞こえるのは不本意ですから言い直しましょう、わたしが憎かったのかもしれない。それは認めます。たしかに、しつけはきびしくしました。そういうことを比較するのはむずかしいことですが、あるいはほかの家庭より厳格だといわれても不思議ではないでしょう。なんといったって仕事柄、外聞てものがありますから。だってそうでしょう? 制服を作って売っているんですからね。そういう者が子供のしつけひとつできないということになれば、商品の効果をうたがわれても仕方ないわけですよ。そうなったら、商売は台なしだ。

ウチの制服の効き目については、おやじの代からそれはもうたいそうな評判で、全国の学校からそれはもう絶大な信頼をうけてました。わたしの代になってからは、学校だけじゃありません。警察だって消防署だって役所だって銀行だってチェーン店の食べ物屋だって、それはもうどんな職種でもウチの制服さえ着用させれば安心だっていわれてるんです。政府筋からも、内々にですが、ウチあってのこの国だといわれたことさえあるんです。それが、なるに事欠いてわけのわからない虫になるだなんて。成績はいつだってトップクラスだったんです。なにを考えているのか、息子の気がしれません。どうせ、くだらない漫画とかアニメの影響に決まってますが、今のご時世、そういうものをまるっきり見せないってわけにはいかないじゃないですか。そうでしょう？　ああいうわけのわからんものを作る連中にも、政府がウチの品を着せるよう決議してくれればと思いますよ、ほんとうに。

え？　ウチの品を着せたか？　いやいや、まさか。だって、あなた、それはもう階級がちがいますよ。学校はずっと私服ですしね。正直、そんなことを考えてみたこともありませんでしたよ。今言われてみて、ははあ、そういう考え方もあるのかと、少々驚きました。可能性としては……いや、やっぱり無理でしょう。公平な気持ちの持ち主だと自負していますよ、わたしは。でも、後継ぎである長男にウチの製品を着せるというのは、どうも。作り手は作り手としての意識だけあれば、それで充分だと思っていますのでね。批評的な意識の持ち主だと息子のことは思っていますが、みいらとりがみいら、ということわざもあります。おかしな奉仕意識が染みついたりしては、せっかくの帝王学も無駄になります。まあ、虫になられてこのかた、あれのことを心から信じることはできなくなっているのも事実ですが。

まだベッドから出る決心がつかない。そのとき――ちょうど目覚ましが6時45分を打ったのだが――ベッドの頭のほうにあるドアをそうっとノックする音がした。「グレーゴル」と呼んでいる。――母親の声だ――。「6時45分だよ。出かけるんじゃなかったの?」。ああ、優しい声だ。グレーゴルは、返事をしている自分の声にぎくりとした。まぎれもなくこれまでの自分の声だ。しかし、底のほうから湧いてきたように、抑えようのない痛ましいピィーピィーという音がまじっている。言葉は、文字どおり最初の一瞬だけはっきり聞きとれたが、その後はボロボロの響きになったので、ちゃんと聞こえたのかどうか、わからない。

女房まかせにし過ぎた点は反省しています。男の子というのは、多かれ少なかれ母親っ子になるもんじゃないですか? え、そうともかぎらない? はあ、そういうもんですか。いや、わたしは母親の連れ子でして。おやじとおふくろはいとこ同士なので、まるっきり血のつながりがないわけじゃないんですが、そこはなさぬ仲の遠慮も多少ありましてね。おやじはかわいがってくれましたが、いくぶん距離がありました。それに、制服のデザインに母親がかかわるようになってから、女の子にも評判がよくなりましてね。業績はうなぎのぼりですよ。それをさらにわたしが販路を拡大したという。だから、わたしにとっては、母親への尊敬心はそのまま自分の誇りに通じるんです。
　憎んでいるなんて、まさか。父親には、それはもう感謝しこそすれ、そんな不埒な気持ちなんてこれっぽっちも。いや、わたしのことはどうでもいいんです。肝心なのは息子のことですから。なにしろ、言うことがまるでわからなくなったんですから、どうしようもない。しばらくしたら、まず娘が、あれの五歳年下の妹がちょっとは理解できるようになりまして、それから女房も少しだけはわかるようになったようです。わたしはさっぱりでした。なにしろ忙しいですから、そもそも息子の言葉を聞き分けるのに時間をかけるのはむずかしいんですよ。第一、部屋に閉じこもっている相手に、どうやって話しかければいいのか。もちろん、勇気をふりしぼって部屋に入ったことはあります。

マネージャーが逃げたことが、それまでどちらかといえば冷静だった父親までをも、残念ながら、すっかり混乱させたらしい。なにしろ自分でマネージャーを追いかけるかわりに、いや、すくなくともグレーゴルが追跡するのを邪魔しないかわりに、右手で、マネージャーが帽子とコートといっしょに椅子に置いていったステッキをつかみ、左手で、テーブルからひろげたままの新聞をつかみ、足を踏み鳴らしながら、ステッキと新聞をふりまわして、グレーゴルを部屋に追い返そうとしたのである。

†

容赦なく父親がせまってくる。シュッシュッと言って、野蛮人みたいだ。

いつなんどき、父親のにぎっているステッキが背中や頭にふりおろされて、殺されてしまうかもわからない。

†

正直な話、こわいですよ。だってあなた、虫になっちゃってるんですよ。人間だった時分は、身長はわたしより十センチ大きくて、体重はよくわかりませんが、これといって運動もしないでよく食べてましたから重いはずです。それが、そのまま巨大な芋虫のようなものに変わってるんです。こわごわ近づこうとすると、うなる。これがまた、すごいんです。金属音みたいなね。怒りなのか抗議なのか。それでも、音を出しているだけならまだいいんです。跳ねるんですよ、呆れたことに。ビヨ〜ンっていうと軽すぎるな。ボヨ〜ンじゃ感じがゆるすぎるし、とにかく、そうだ、ほら、料理店のガイドブックを出しているミシュラン、あの会社のキャラクターでビバンダムってタイヤのお化けがいるじゃないですか。あれから手足をとって仏頂面《ぶっちょうづら》にしたようなのが、いきなり飛んでくるんです。

もう頭がふきとぶような衝撃です。芋虫だからやわらかいだろうなんて思ったら、とんでもない。ただ硬いんじゃなくて、ぶあついゴムの中に水がたっぷり詰まっているような重量感なんです。人と同じ大きさのそれが、ブワ〜ン、そう、ブワワ〜ンと風をまいて真横になって飛んでくるんです。こちらは壁にたたきつけられて気をうしなって、気づいたら部屋の外ですよ。女房と娘が泣き叫んで、わたしの頬をぴしゃぴしゃ叩いていました。すぐに気がついたからよかったようなものの、救急車を呼ばれる寸前でしたから、あぶなかった。近所の噂は、嫌なものですから。そうそう、あとからそういうことにくわしい忠実な身内の部下にたずねたところ、フライング・ボディ・アタックという技だそうで、なんでも由緒あるプロレスの技法だって言ってましたな。まったく、どこでそんな技を覚えたのか。たぶん、こいつもどうせゲームかなんかからでしょうが。

女房や娘に危害を加えないのが、せめてもの救いでした。わたしは、何度かやられました。黄土色の爪みたいなものが、もやもやたくさん腹のところにくっついているんですが、それで顔をかきむしられたこともありますし、くさい汁をふきかけられて、翌日までからだがにおって困ったこともあります。処置なしですよ、まったく。ちょっとでも気に入らないことがあると、部屋の中ではねまわるんです。息子の部屋の真下が客間でして。振動がそれはもうひどい。しょっちゅうそうなんで、あるときなんか、ヴェネチアから取り寄せた大きなシャンデリアが落ちました。ちょうどわたしのワイングラスのコレクションを取材したいというので、地方新聞の文化部の記者が来ることになっていたんです。シャンデリアが落ちたおかげで、その下のテーブルの上に並べてあったサンルイやバカラのアンティークがぜんぶダメになりました。

息子の奴が大学を卒業して以来ずっとです。何年になると思います？　虫の歳の取り方は、わたしにはわかりかねます。ずっと芋虫なんですからね。でも、人間のままなら息子も、もう三十二ですよ。分別のひとつくらいついたって……いや、もうあきらめてます。そんなわけで、わたしは会長になって社長を甥にまかせたんです。重役にもわたしのいとこを二人あらたに任命しました。とりあえず気心は知れてますし、秘密を共有できるのも身内なればこそです。まあ、いろいろ気に入らないところもあるにはあるんですが、権益なんて赤の他人の手に渡したら、すぐに滅茶滅茶になりますから、背に腹は変えられないんです。それでも、ひとすじの希望は持っているんですよ、今でもね。それがかなった日には、身内とはいえ間借り人には出ていってもらって、あらためて息子を……はかない夢ですが。

間借り人たちはテーブルの上座《かみざ》にすわった。以前は、父親と母親とグレーゴルがすわっていた席だ。

旅行にも行かなくなりました。以前は、女房や息子、娘を連れて、年に三回はヨーロッパに出かけて、むこうで生地の仕入れなんかをやらせている出張所の若い者に運転させていろいろ食べ歩きをするのが楽しみでした。それこそ、ミシュランのガイドブックを眺めながらね。でも、タイヤと虫が合体したお化けを連れての旅なんて、お話にもなりません。

☆

「さて、どうするか」と考えながら、グレーゴルは暗がりのなかを見まわした。まったく動けなくなっていることに、やがて気がついた。不思議だとは思わなかった。むしろ不自然に思えたのは、これまで実際、こんなに細い脚で前進できたことだ。それはそうと比較的くつろいだ気分だった。全身が痛かったが、痛みはしだいにどんどん弱くなっていって、最後にはすっかり消えるだろうという気がした。

グレーゴルは消えなければならない。

†

やっぱりそう見えますか。今ね、しかつめらしい顔ができんのですよ。気がつくと、にやにやしてしまうんです。いやもう、うれしくて。それはもう、なんたって息子が虫からもどってきたんですから。お聞きになったからいらしたんでしょう？　もうね、春なんですよ。三月末ですから。昨日なんて、家族全員で散歩にいきましたよ。いったい何年ぶりだろう。ほら、ここから十分ほど行ったところに、公園があるでしょう。桜並木が三分咲きになってましてね。それはもう、きれいです。快晴で、小山になっている芝生がきらきらひかっていましてね、年がいもなく転げまわりたくなったくらいです。もちろん、人目がありますからそんなむちゃはしませんでしたが。

告白しますが、虫のままの息子の健康のために、大きな首輪をつけて鎖につないで、あそこの公園を散歩しようとまで思いつめたこともあったんです。隠しているつもりでも、うすうす近所に虫、いえ、息子のことは知れているのは、わたしだって気づいてました。表向きは、さりげなく挨拶してくれましてもね、その辺は表情でわかります。十年にもなれば秘密だって洩れますし、だから、えいやっと崖から飛び降りる気持ちでそういうことも考えました。それが、大学卒業の時に作った仕立てのスーツに身を包んだ息子が、いっしょに散歩してくれるようになったんです。痩せたせいで、少しだぶついてましたが。沈丁花が、まだ咲き残りで香っているのを、息子がひくひく鼻で、そう、もどってきた鼻ですよ、あなた、鼻で嗅いだりしましてね。いやあ、感無量です。

え？　ああ、まあ、その完全にもどったというと、たしかにいくぶん語弊があります。完全は完全でも完全変態の一種じゃないかと、虫にくわしい常務が教えてくれました。なんでも、卵から幼虫、幼虫からサナギ、サナギから成虫になるそうで、息子がいつ卵だったかよくわからんのですが、娘と女房は去年の冬に芋虫からサナギになったのを確認しています。わたしですか？　いやもう、これ以上わたしの心の重荷を増やしてはいけないというので、実はふたりがわたしには黙っていたんです。この一年ほどは、前のようにどたんばたんと暴れることもなくなっていたので、わたしは、なんといいますか、その、干からびて死にでもしたかな、とひそかに思ってました。

実際、息子がすべて変態をとげたあとに女房がサナギの様子を教えてくれました。まっ茶色な硬い殻に包まれて幼虫姿のまま、あ、頭のところは妙にふくらんで、尻尾のほうもなにかバッタの脚とも人間の足ともつかないでっぱりができていたようですが、とにかく固まっていたというんです。もしわたしが見ていたら、死んだと思ってどこかに埋めてしまったかもしれません。ですから、女房と娘が黙っていてくれたのを感謝してます。からだの様子ですか？　いや、うん、あまりこまかくは見ていないんです。なにしろ、夕飯のあとくつろいでドヴォルザークのチェロ協奏曲を聴いていたら、女房のかん高い叫び声が二階から降ってきましてね。ちょうど、一週間前の夜の九時頃です。悪い予感で心臓が飛び出そうになりましたが、わたしを呼ぶ声が泣き笑いのような声なので、あわてて階段をかけあがったんです。すると、息子が部屋から出てきているじゃないですか。

なんというか、目のやり場に困るというか、不思議な姿でした。一瞬真正面から見ましたが、すぐに視線をそらせて、やはり飛んできた娘にガウンを持ってくるように言いつけまして。その一瞬でわかったのは、首から上は息子でした。若さという点では十年前とあまり違いはないようでしたが、表情はきりっとして、むしろ険しいくらいです。足も萎えてはいないようで、ただ、胴体がつやつやしたダークブラウンなんです。ちらりとしか目をやらなかったので、はっきりしませんが、背中はクワガタとかカブトムシの背中のようで、腹の側はボディービルダーの腹部をかたどった鎧《よろい》みたいな雰囲気です。下半身はよくわかりません。裸なんですから、いくら息子でもまじまじと眺めるのははばかられます。

声は、少し変わっていたかもしれません。もっとも、十年間おかしなうなり声のほか聞いたことはないんです。息子のほんとうの声がどうだったかなんて、覚えてやしません。ガラスをこするような音が、かすかに声の底にあるようですけれど、全体的にわたしの声に似ているようですから、さほど変わっていないのだと思います。そんなことより、なによりうれしかったのは、ガウンを着た息子がわたしにむかって、いろいろご迷惑をおかけいたしました、これからはおとうさんのために身命をなげうっても仕事に邁進《まいしん》します、と言ってくれたことです。ようやく大声をあげて泣くところでしたよ。すすり泣きはこらえられませんでしたが。

とにかく、こんなにありがたいことはありません。さっそく、来週にも取締役会議を招集して、息子を取締役としてわが社に迎える手はずを整えました。経営手腕ですか？　そんなものは、とりあえずは不要です。わたしがいるんですから。先代からひきついで磐石《ばんじゃく》の土台に据えたわたしが！　息子には、虫になっていたあいだ中断していた帝王学をみっちり教え込みますから、大丈夫です。まずはゆっくり見習いをさせつつ、窮余の策で社長に据えた甥には近いうちに引いてもらい、わたしが会長で息子が社長という体制を作れば、これはもうわが社の未来は明るい。

3人の間借り人が部屋から出てきて、自分たちの朝食を探して、驚いている。忘れられてしまったのだ。「朝食はどこ?」。まん中の男が不機嫌そうに家政婦にたずねた。

†

「すぐに、ここを出てもらいたい!」とザムザ氏が言って、妻と娘を離さないまま、ドアを指さした。「どういうことです?」と、まん中の男はうろたえて、こびるような微笑を浮かべた。

†

「言ったとおりの意味だ」と答えて、ザムザ氏は妻と娘と3人で横一列になって、まん中の男につめ寄った。男は最初、気をつけの姿勢をして、床を見ていた。頭のなかで、ものごとの秩序が新しく組み直されていっているかのようだ。「じゃ、出ていきましょう」。そう言って、ザムザ氏を見あげた。

今日は、これから息子用のスーツとシャツの生地を持って、わたしの行きつけの洋服屋が来るんですよ。からだが引き締まってすっかり痩せましたから、昔のものは着られませんからね。いずれは、ウチの会社のデザイン部が研修にいかせてもらったこともある、ヘンリー・プールやギーヴズ&ホークスなんかにも注文しますが、当座は息子にはわたしの普段着とおなじところでがまんしてもらいます。仕立てのいいスーツは、わたしらのいわば制服のようなものですから。これなしでは、いい人づきあいはできません。あ、服屋が来ました。

「さて」と、グレーゴルは言った。自分だけが冷静さを失っていない、ということがわかっていた。「すぐに服を着て、生地のサンプルをバッグに詰めて、出かけるからね。父さんも、母さんも、そうしてほしいんだろ?

☆

†

グレーゴルが配慮したのは、ただひとつ。どんなことをしても、家族全員を絶望のどん底に突き落とした倒産のことを、できるだけ早く忘れさせることだった。

息子は、どうもなにか誤解しているようなんです。芋虫でいたあいだに、なにか頭のなかで化学変化でも起こって記憶がおかしくなってしまっているのかもしれません。わが社が危機的な経営状態になったことなど、いまだかつてない、といくら説明しても、首をふりながら、うすら笑いを浮かべて信用しないんですよ。それどころか、きしるような低い声で、おとうさん、隠しごとはなさらなくていいんですよ、ぼくにはなにもかもわかっていますから、と、こうなんです。息子が言うには、自分が芋虫になったのも、あの頃すでに会社が傾きかけていたからだ、と。起死回生の能力を得るには、ああなるよりほかなかった、って、いったいなんのことやら、わたしにはさっぱり。

しかも、傾きかけた社運をさらに悪い方向に持っていこうとしている勢力があると、息子は主張するんです。自分が一心に修業しているのをいいことに、わたしをあやつって親族の連中が入り込み、会社をかき回しているなどと、声を荒らげてののしる。いくら、そんなことはない、と言っても、聞く耳を持たない。なにしろ、専務取締役になってから、ここ十年間の業績の数字やコスト、経費の使い方、製品デザインの細部、下請けとの取引状況、その他もろもろの書類をすべて各部から提出させて、首っ引きで読み込んでいるんです。その数字やらなにやらをもとに、猛烈な勢いで各部の責任者をつるしあげ、取締役会議ではコストの削減を意図的に避けている者がいるようだ、とか、当てこすりや非難を一面にまき散らす。わたしさえも批判される始末で、手に負えません。次回の取締役会議では、社長の解任を要求するとまで言い放つ始末です。

たしかに、息子の言うことにも一理はあります。わたし自身、この十数年、改革というようなことは考えませんでした。なにしろ、息子に芋虫になられたことで動転してましたから、現状維持で精一杯というか、新しい考えなど浮かぶような状況ではなかった。官公庁をはじめ、長年の得意先とは、しごく安定的な取引ができていて、収益的にも大きく低下したことはないんです。それは商売ですから、小さい波はあります。かなりだらしない経費管理ではありますし、製品デザインが十年一日になっていることもたしかです。でも、危機というようなことでは、まるでないはずなんです。

息子は、わたしが頼んで社長になってもらった甥、つまり息子にとっては年上のいとこですが、その甥を会社を食い荒らす白蟻とまで呼んでます。白蟻って、あなた、なにも虫つながりにしなくてもいいと思うんですが。まあ、わたしも目をつぶっていることはありました。甥は、自分の義父の会社にかなりの融資をしていて、それは息子から見れば背任同然なんでしょう。ただ、わたしのような保守的な者にとっては、身内はもちろん、同じ階層の者同士助け合って権益を守っていくのが本筋なんです。目に余るようなら別ですが、それほどでもなければ、許容する。そうすることで、むしろ他の階層との境界をきちんとして、うまく棲み分けていくのがモットーです。あまり過激なことをすると、秩序の根元が崩れてしまう気がするからなんです。

が、息子が本気なんで、わたしも腹をくくりました。やんわりといきたかったのですが、甥と、それからあと二人のいとこに、相応の退職金を払って早急に辞めてもらうことにしました。放っておくと、息子がどんなむちゃな言いがかりをつけて追い出しにかかるかわかりませんから。恨みが残ったら大変です。

このケダモノはわたしたちにつきまとい、間借り人を追っ払い、きっとこの家だって占拠するつもりだよ。わたしたち、路上で寝ることになっちゃう。

息子は、デザイン部を叩き直すというので、部員をひとりひとり面接して、気に入らない者を異動させました。かわりに自分の思うようなデザインをこなせる人員を社外から連れてきて、部員にしました。その制服デザインというのが、どうにもわたしにはなじめないというか、はっきり言ってしまうと、なにかおぞけをふるう感じなんです。いやその、なんと表現していいか、どことなく息子が部屋から出てきた晩、ガウンを着せるまでの一瞬に目に入った息子自身のからだのように見えたりしましてね。色は華やかなものから地味なものまでいろいろあって、だから、一見すると全然ちがいます。ですが、その甲虫のような不気味な質感は……。わたしのおかしな気の迷いなのかもしれません。

息子は試作品も、３Ｄなんとかという機械でさっさと作って、評判を社内外でたずねて回っています。噂では評判は悪くない、というか、上々らしい。息子の説くところでは、制服も進化しなければならないのだそうです。単に着る者に所属する組織や集団への帰属感をもたらすとか、外見的に統一感や清潔感があるとか、着用者の意識に秩序感や倫理感を植えつけるとか、その種の事柄だけではあらたな市場を獲得するのはむずかしい、と。それ以上になにが必要なのかと反問しましたら、アグレッシヴでなければいけないのだと即答しました。制服とアグレッシヴの取り合わせがよく理解できないので、とりあえず、それはスポーツのユニフォームのようなものを指しているのか、とさらに訊きました。

すると、息子はなんとも奇妙な、いくぶん嘲《あざけ》るように口をゆがめて、ゲームの範囲内の戦闘的意識だけでは、もう、なにごとも動きませんよ、と答えるではないですか。それじゃあ、まるでほんものの戦闘服をイメージしているみたいではないかと思うのですが、それよりさらに自在なものだと息子は言います。正直、彼の言葉の意味はよく呑みこめません。というか、それ以上たずねるのがおそろしくなって、わたしは黙ってしまいました。それっきり、その件については話し合っていません。息子は外注の会社もがらりと替えてしまいました。あまりに無慈悲に契約を打ち切ってしまうので、そうした会社のトップからわたしに直接哀訴や怒号が届くのですが、どうしようもありません。膝から力が抜けていくようなのです。息子に逆らえる気がしないのです。どうしたらいいものか、教えてもらえないでしょうか。

☆

なぜかがんこに父親は、家でも制服をぬごうとしなかった。ナイトガウンがむなしくフックにかかったまま、父親は完全に昼間の制服のまま、指定席でうとうとしていた。

あっ！　あなた！　よくここまでたどりつけましたね。見張りはいませんでしたか？　どうしたのかな。でも、よくわたしがここに閉じ込められているとわかりましたね。いや、そんなことはどうでもいい。とにかく、うれしいです。昼も夜も区別がつかないこんな洞穴にわざわざ訪ねてきてくださって。今言ったように昼夜もわからないので、今日が何日なのか、何時なのか、まるで見当がつかないんです。たぶん寒くてたまらないから冬だと思うのですが、そうなんでしょう？　ここに来てから何カ月も経った気がします。ここに流動食を運んでくる目つきの悪い、ひどく残忍な中年女以外の人間に会ってないんです。言葉をかけても、くそ虫、くそ虫としか返事をしないので、気が変になりそうです。しかも、わたしが嫌がるのに、むりやり口をこじあけてスプーンでどろどろした食事をのどに口に流し入れるんです。いったいどうしてこんなことになってしまったのか。

え？　よく聞き取れないんです。からだを制服で締めつけられているうちに、耳がすっかり遠くなってしまって。もう少しそばに来ていただけませんか。じめじめして、まともに坐る場所もなくてすみません。はい？　ああ、そうです。これが息子の作った制服です。わたしのからだは汚れ放題なのに、これだけはつやつやしているでしょう？　硬いんですよ。締めつけられて、痛くてしかたない。おまけに、あの目つきの悪い中年女が二日に一度は、制服にゆるみがないか確認しては、背中側の調節具をしめあげるんです。わたしには、どうやってもゆるめられないようになっていてつらくてたまりません。

からだではなく気持ちで着る服だから、ちょっとでも後ろ向きだったり使命感がなかったり、正しい義務について疑問を持っていたりすると、ひどく着心地が悪くなる。そういう風に作られているんだそうです。これを着せられて、ここに連れてこられて、おとうさん、なんとかこの服になじんでくださいね、と息子に命じられたんですが、ダメです。というか、鎖でしばられているわけでもないに、まるで動けない。殻に拘束されて身動きがとれないんです。わたしの肉が腐ってきているにおい、しませんか。

もちろんご存じでしょう？　息子の企画した制服は、きっとすみずみまでいきわたっていますね。わたしがここに放り込まれる時に、すでに五千万着を超えてましたから。でも、あなたはお召しになっていないようですね。大丈夫なんですか？　なぜ、みんな嬉々としてあの服を着るんでしょう。硬くてきれいで無慈悲だからでしょうか。そもそも、わたしはどのあたりでまちがったのか、痛みのなかでずっと考え続けているんです。いい気になってぜいたくに、平和に、ぼんやり暮らしていたからなんでしょうか。悪いところは、それはもう、たっぷりあったと思いますよ。もともと制服を作って、人々を型にはめる手伝いを積極的にしていたのですから、こうして自分がからだに合わない服をむりやり着せられても仕方ないのかもしれません。

ただ、言い訳めきますが、わたしは外側だけ整えられればよかったし、それで少しは中身も従順になることがわかっていましたから、それ以上を求めたりはしませんでした。そもそも、わたしは自分と自分の身内のことばかりを考えて狭く狭く、そこだけを守ればいい、という男でした。そういう考えがよくないことだと感じていなかったのは、今にして思えばまずかったでしょう。そういう思考の人間が生みだす環境のなかにいると、子供は自然に自分の痛みだけを知って、他人の痛みを感じない者になってしまうのかもしれません。ああ、女房と娘はどうしているんだろう。ご存じですか？　え？　大丈夫ですって？　制服を着せられてはいないようですか？　娘は着ていますか。そうですか。あれは、お兄ちゃんが好きですからね。そうですか。

もう気力もなにもありません。わたしはこれからどうなってしまうのでしょうか。助けてもらえるのでしょうか。あ、いいえ、あなたにどうこうしてもらいたいということでは、もちろん、まったくありません。息子にこういう目にあわされているというのは、やはり罰なのだと思います。わたしが本来果たすべき役割を果たさなかったから、こういうことになっているのでしょう。くやしいけれど仕方ありません。でも、もう一度申しあげますが、わざわざ来てくださって、ほんとうにうれしいです。わたしの様子を女房に伝えていただければそれだけでけっこうです。

はい？　なんですって？　使者って、なんです？　判決を伝えに来た？　なんの判決ですか？　そんなバカな。まさか。嘘だと言ってください。だって。あなた、ずっとわたしの愚痴を親切に聞いてくださっていたじゃないですか。ほんとうは誰なんですか、あなたは。あっ！　からだ！　ああ、あなたも虫だったんですね。なんてことだ……。

男の子じゃなくても

ウバがひとりで起きてきました。水気をすってひどく膨れていて、水死人が海からのたのたと浜辺にあがってきたように見えます。ぶよぶよとたるんでつやのない、それなのに気持ち悪いほど白い肌が、シルクのガウンとネグリジェのはだけたところから、だらりとはみだしています。このところいつも、寝室からわめきたててミコトを呼び、自分を起こして居間に車椅子で連れていけと命じるのですが、今日はめずらしく機嫌がそれほど悪くないのでしょう。自前の足を使っています。意味のわからない低いうなり声が、皺のなかに目鼻口がある、その口から洩れています。ただ、ウバの気分はあっという間に変わるので、油断はできません。

ミコトは、垂れさがっていた飾りのガラスがほとんど落ちてくだけてしまった古いシャンデリアに、ぼんやりと照らされている長い廊下を、いかにも大儀そうに足を引きずりながらこちらにむかって進んでくるウバを迎えに、小走りに近づきました。そして、彼女の肥大した背中側に回って、軽く支えます。前に回って手を取ろうとすると、ウバは必ず、あんよは上手をアタシにしようってのかい！　と激怒してわめくので、そうするほかないのです。いつものように、おぞけで鳥肌が立ちます。ウバに触れることに、ミコトはどうしても慣れることができません。ウバと暮らすようになって、気が遠くなるほど時間が経ったように思えるのですが、だめなのです。

ミコトが寝起きしている玄関広間脇の小部屋を通りすがる時、開けっぱなしのドア（ウバの気配を感じて部屋を飛びだしたので、仕方ありません）の内側にウバはちらりと視線を走らせ、この家を豚小屋にするためにお前を住まわせてるわけじゃないんだ、と総入れ歯をはめる前の口からでる、わかりにくい音でののしりました。ミコトにはおなじみなので、返事は省略です。そのまま居間にむかうあいだにも、ろくでもないお前を子どもの頃からずっと面倒見てきてやったんだ、お前は可愛げのない金ばかりかかる役立たずで、お前の父親の罰当たりと母親のあばずれの悪いところばかり取ったクズで、どうしてあいつらと一緒に死んじまわなかったのか不思議だよ、でも、アタシはほんとにバカがつくほど親切な性分で自分でもいやになるよ、お前なんかを養ってやるなんて、それも学校にまで通わせてやったんだから、自分で自分の気がしれない、まったく、アタシはアタシが可哀想で涙がでるよ、と言い続けます。ミコトは、毎日毎日同じことを繰り返せるウバに、もうだいぶ前からうんざりすることをやめて、感心しているのです。人はほんとうに不思議な生きものだと思うしかありません。

がらんと広い居間にたどりつくと、ミコトはウバを玉座のように大きい革張りの椅子に坐らせます。彼女のからだがうまくべたりと椅子の内側に密着して落ちつくのをたしかめると、黒《こく》檀《たん》でできた古いサイドボードの上に立てられた二本の真っ赤な西洋ロウソクに火をともします。ロウソクのあいだに置かれた幼児ほどの大きさがある奇妙なかたまりには決して触れないように注意して、その両側にある色あせた造花の位置を微妙に直します。ウバの気に入るようにやらないと、激しい怒声と椅子の脇にいつも置いてあるステッキが飛んでくるので、緊張しながら様子をうかがいつつ作業します。ウバの気分は毎日変わるので、造花の向きも決まっていません。気配でいい位置を察して直すのですから、なかなか難物なのです。

ウバがむにゃむにゃおがんでいるそのかたまりは、金属やガラスやよくわからないものが溶け合わさってできあがっていて、なんともいえない汚らしい色合いです。なんでもずっと昔、ウバの夫はよその女の家でくつろいでいた時、女もろとも敵のしかけた爆弾でふきとんだそうなのです。よく燃えてしまった夫は、そこらじゅうにあるものとよじれ合わさってしまい、警察のお医者が苦心してウバの夫とそれ以外を切り離したのです。ウバは、夫ではなく、かたまりのほうをひきとって、夫の代わりにしました。そして、ウバは大人になって間もないひとり息子に、敵をやっつけるよう命じたのですが、あの罰当たりめが、さっさと逃げだしたのさ、とウバはののしります。ほかの味方も、いろいろ仲間割れなどをして散り散りになり、ウバは夫が残した大きな家で歯ぎしりばかりしていて、それで歯が悪くなったと言うのです。

ミコトは、逃げた息子が遠くの街で作った子どもでしたが、六つの時になぜか母が父を殺して自分も死んでしまい、ミコトだけが残った。そういう風にウバは言います。ほんとうにそうなのか、よくわかりません。どうしたわけか、記憶がまったくないのです。気がついたら、ウバと一緒でした。いえ、気がついているのかどうか。ミコトの記憶は、あまり長持ちしないのです。いつも頭の中はかすみがかかっていて、昨日のこともそれよりもっと前のことも、ぜんぶまぜこぜになって、遠くが見通せません。まるで、毎日新しく生まれるみたいで、しかも、それは全然うれしいことではないのでした。ウバが言うように、お前なんか生まれてくる必要なんかなかった、のかもしれません。

かたまりをおがみおわると、玉座のような革張りの椅子からウバを立ちあがらせ、今度は居間とつながっている食堂に移動させて、二十人は坐れる贅沢な食卓につかせます。肘かけのついたなんとか王朝風（なんとか、という部分がミコトはどうしてもおぼえられません）の椅子に、今度もきっちりはめこまないと大騒ぎになりますから、大変です。どうにか坐らせおわると、今度は入れ歯です。青い切子《きりこ》細工のコップから、入れ歯をとりだしてウバの口にはめてやります。前夜ミコトがていねいに洗っておいたそれは、ウバの口の中におさまると、なまなましくよみがえります。いきおいよく、なんでも喰い破りそうです。

その気配に応じるようにキッチンの扉が開いて、白い大きなマスクで顔の半分を被った中背の痩せた男が、銀の盆を持って入ってきます。盆には、朝食が載っています。厚切りのパンが四枚、皿からはみでそうなくらいに盛られた目玉焼きや煮た野菜、ハム、肉などです。ウバは、男が盆を彼女の前に据える時、必ず彼の股間に手をのばしていじり回します。ミコトは、その様子から目をそらして、食堂の重いカーテンを少しずつ開けます。外は、いい具合に曇りでした。それでも、細めに開けました。ウバは明るい光が嫌いで、うっかり晴れの日にカーテンを繰ったりすると、アタシの目をつぶそうっていうのかい、と怒るのです。かといって、閉めたままで食堂のシャンデリアをつけていると、むだな明かりでアタシの財布をからっぽにするつもりかい、とののしります。ミコトは、食堂の入口にあるシャンデリアのスイッチを切りました。

ウバは入れ歯をかたかた浮かせながら、次々に食べ物をかみつぶしてのみこんでいきます。白いマスクの男は、皿が空になるのを見計らって、おかわりを盛ります。いつものように、ウバは二回おかわりをしたあと、ひとりごとを言いはじめました。夢のなかに入りはじめたようです。マスクの男はふたたび股間を握られながら銀の盆をかたづけて、キッチンに消えました。

あのひとはねえ、はりがねをよじり合わせたような強くてしなやかなからだで、ほんとにきれいだったよ、皮膚はなめしたようで若い頃はよく日に灼《や》けていて赤黒い海賊のようで、おんなというおんなはうっとりと眺めたものさ、そこらじゅう蜻蛉《とんぼ》そっくりに飛んでくる銀灰色の飛行機が落とした爆弾から無数の棒が飛びだしてきて、棒は家に突き刺さると燃えるつららになってね、一面が黒々と赤くて渦を巻いていて熱くて息もできやしない、アタシは母親を背負って逃げて、なにしろからだが大きかったからねえ、このからだもあのひとのお気に入りなんだよ、市場で暴れる奴がいたら刀でぶった切って、それはもうみんなが土下座して気分がいいねえ、いろんな物売りが金切り声をあげて、鍋からもうもうと湯気があがって、みんなおしあいへしあいで小指ほどもあるシラミがその連中の肩から肩へと旅行をしてさ、あの人はシラミって奴は落ちつきのない冒険屋だってはじけるように笑って、あたりが一面にきらきらしたねえ、どこもかしこもあの人のもので、どうしようもない浮気者だったけど、腹がたってしかたないけど、笑い飛ばされて肋骨が悲鳴をあげるくらいきつく抱かれるとなんにも言い返せやしない。

祖母が沼地めいた過去をさまよっているあいだに、エレンディラは屋敷のなかの掃除にかかった。いかれた感じの家具、いかさまな国王たちの彫像、ガラスのシャンデリア、雪花石膏の天使、金色のニスで塗られたピアノ、想像もつかない形と大きさの無数の時計。そんなものを備えた屋敷は暗くて雑然としていた。

†

この謎めいた隠れ家を建てたのは祖母の連れ合い、アマディスという名の伝説的な密輸商人である。二人のあいだに生まれた息子もアマディスと名のったが、これがエレンディラの父親だった。誰もこの一家の素姓を知らなかった。インディオたちの噂によれば、祖父のほうのアマディスがアンティーリャ諸島の一軒の娼家で、ナイフで一人の男を殺したあげく、その美しい妻を身請けし、安全な砂漠の奥に永久に押しこめたのだという。二人のアマディスが死ぬと――一人は気鬱《きうつ》で、もう一人は商売仇とのいざこざで蜂の巣にされて――女は遺体を中庭に埋

めさせた。十四人もいた裸足の女中たちに暇をやり、生まれたときから母親代わりに育ててきた私生児の孫娘をこき使いながら、隠れ家の薄暗い闇のなかで、華やかな昔の夢を追いつづけた。

†

その瞬間に祖母の寝言が始まった。

「最後に雨が降ってから、そろそろ二十年だねえ。それはもうひどい嵐でね、雨といっしょに海の水まで吹きこんで、朝になってみたら屋敷じゅうが魚と貝でいっぱい。お前の死んだお祖父さんのアマディスは、キラキラ光るエイが空を飛んでいくのを見たって言ってたよ」

市場の突き当たりは坂になっていてねえ、登りきると街中が見渡せたんだ、ずうっと海までなにもなくてそこに真っ赤な夕日が沈むのがきれいでねえ、十六のアタシはどうしてなのか涙がでたよ、もう今じゃそんなむだな水はからだから出てこなくなったけどね、ミコトっていうのは神さまの命令を実行するって意味なんだよ、よくもまあそんな名前をあのクズ息子がつけたもんだと思うけれど、ああ、でも美しい琴なんて字にしてるんだから、あのバカはほんとの意味なんか知りやしなかったのかもしれないけど、でもミコトって名になっちまったからには、アタシが神さまになってやらなきゃいけないねえ、働かざる者喰うべからず、この金喰い虫め、ぐずぐずしてたらアタシが干上がっちまうじゃないか、神さまに供え物しないでいいなんてことがどこの世界にある、月夜の晩だって透明な嵐が来たって働け働け働け働け……。

ミコトが、食堂からトイレにウバを連れていき、彼女が長々と用を足すかたわらでなまなましい臭気に取り巻かれているあいだ（何度かにわけてウバのからだから垂れ出たものを流さないと、便器が詰まってしまってミコトの仕事が増えるので、ずっとそばにいなければなりません）も、終わってミコトが下の始末をして、ウバの肌をシルクのガウンの内側にできるだけおさめる作業をしている時も、ウバの寝言は続きます。これもいつものことです。今日は、帰りが遅くなる予定なので、巨大なおむつをしました。あとは、地下にエレベーターで降りて、映写機の部屋に彼女を坐らせれば、午前の世話は一段落します。ウバは、その部屋で自動的に映しだされる古い映画をずっと眠りながら見続けるのです。白いマスクの男が時間になると置いていく昼食も夕食も、眠ったまま食べるのでした。

ウバのからだを安楽椅子に沈みこませると、ミコトはキッチンにいってウバの朝食の残りを、立ったまま、鍋やフライパンから直接口に運びます。さっさとしないと、迎えのタクシーが来てしまいます。今日は撮影と接待です。白いマスクの男は、気が向くとミコトの服を脱がして調理台のうえで犯すのですが、ミコトの予定がわかっているので、今日は黙ったまま背を向けて洗い物をしています。よく磨かれた重い牛刀の光が、ミコトの視界の片隅でちらちらします。

玄関の呼び鈴が響きました。

☆

学校に行っていたらどうだっただろう、ととりとめなく思うことはあります。ウバは、起きていても眠っていても、ミコトを学校にまで行かせてやった、と誇ります。でも、それはそんなにほんとうではなくて、ミコトは小学校にちょっと通っただけです。そもそも、ウバの世話のあとで登校するので、お昼近くになってしまいます。先生に注意されても、くたくたなので眠りこんでしまいます。おともだちと仲良くしなさいと言われても、眠くておともだちの顔がよくわかりません。みんなミコトのそばには寄ってこないか、時々つついたりころばせたりするだけです。面倒くさくなって、いつのまにか行かなくなりました。何度か学校の先生やなんだかえらそうな人たちが来たようですが、ウバが怒鳴りあげて追い返したみたいでした。中学校というものもあるとは知っていましたが、結局通うことはありませんでした。

それで別に悲しいとか苦しいとか、そういう気持ちにはなりません。撮影の場所で、たぶん同じ年頃の女の子たちに会うこともよくありますが、その子たちも学校で居心地がよかったようには思えませんでした。お菓子を食べながら、何年生？　などと尋ねられると、ミコトは答えられません。だいたい自分は十六、七歳だろうと見当をつけていますが、誕生日も教わっていないので、どう返事をしていいのかわからないのです。相手は、ふ〜ん、学校行ってないんだ、そっかあ、と黙ります。ふっとまた小さい火がともるように、行かなきゃ行かないほうがいいよ、あんなとこ、という子もいます。

ミコトが少しうらやましかったのは、その子たちがみな、家に帰らなくていいということでした。いつだったか、そんな風につぶやくと、でも、ある子などは、そうでもないよ、と低い声で力なく返してきました。その女の子が裸になると、からだじゅうに青あざやあざがなおりかけた黄褐色のひろがりがありました。それを見た撮影を指揮している男が、うわっ、だめだよこれ、使えないよ、だれよ、この子手配したの、差し替えて差し替えて。どうしてそんなからだになるのか、ミコトにはよくわかりませんでしたが、その子のことを知っているらしい別の女の子が、だれに言うでもなくぼそっと洩らしました。しょうがないよ、泊まっている家のおばさんやその子どもたちに殴られたり蹴られたりしてるんだからさ。


「まだほんの子供だな。犬みたいに小さな乳首をしている」

男はその判断を数字で証明するつもりだろう、エレンディラを秤の上にあがらせた。四十二キロしかなかった。

「百ペソ以上の値打ちはないな」と男が言った。

祖母は憤慨して、叫ぶように答えた。

「正真正銘の生娘だよ。それをまあどうだろう、たったの百ペソだなんて！　いやだね、お断わりだよ。それにしても、生娘もずいぶんと安くなったもんだねえ」

†

集配人の流した噂につられて、エレンディラという目新しい女の味見をするために遠方から男たちが押しかけた。男たちを追って富くじや食べ物の屋台が現われた。そして最後に、自転車に乗った写真屋がやって来て、黒いカバーを掛けた三脚付きの写真機と、老いさらばえた白鳥の湖を描いた背景の幕をキャンプの正面に据えた。

玉座で扇子を使っている祖母は、自分から始まったこの市には素知らぬ顔だった。関心を示すのは、ただ、順番を待つ客たちの列の整理であり、エレンディラに近づくための前払いの金をきちんと取り立てることだった。

あざだらけの子には、それきり会いません。あまり記憶のないミコトですが、もくもくと立ちあがる夏雲が青黒くなったような形の、あの女の子のものすごいあざは思いだせます。といって、同情するとかそういう感じはありません。ガラスの目で見て、そのまま静かに焼き付けているだけです。それに、家に帰らなくてもいい方法についてずっと想いを凝らしてきて、むしろ可哀想という風な気持ちは切り捨てなければまずい、と、ミコトのなかのけものが告げているのです。今日も、ミコトのほかに三人の女の子がいます。そのうちの一人は、こういう現場ははじめてだ、と少し緊張している様子で言いました。ソフトなからみじゃないのをやってみたいって事務所に言ったけど、ちょっとこわいなあ。ね、どんな感じ?

ミコトには、このあと接待がありますから、きっと軽めのメニューになるような指示がでているはずです。これまでもそういうことが何度かありました。そのかわり、ほかの子たちはいっそういたぶられるでしょう。しばられて動けなくされて奇妙な道具などを使われて、叫ばされたり泣かされたり激しく消耗させられるはずです。どんな感じもなにも、と、ミコトはたずねてきた子の顔を半ば呆れて眺めます。なにか素敵な世界への入口であるかのように、こうしたことに踏みこむ女の子が多いと聞くことはありますが、ミコトにはまったく関係がない、まるで異世界のことなので返事のしようがないのです。

奥のキャンバスのベッドでエレンディラはガタガタ震えていた。兵隊たちの汗にまみれ、完全にへばっていた。

「お祖母ちゃん」と涙声で言った。「わたし死んじゃう」

祖母はエレンディラの額に手を当て、熱のないことを確かめて彼女をなだめにかかった。

「もう兵隊が十人いるかいないかだよ」

エレンディラは怯えたけもののように、わっと泣きだした。

男の子だったら、と思う瞬間は幾度もありました。でも、それはやっぱり一瞬で、男という生きものへの憎しみが噴きだしてくるので、すぐに考えるのをやめます。蜘蛛のねばねばする糸にからめ取られるように、なにもかも人質になったように力を吸い取られてしまうのはくやしくてたまりませんが、長い時間なにかについて考え続けることができないようになってしまっているのですから、余計なことはできるだけ頭から追いださなくてはいけないのです。ミコトは、人工的に肌を灼いた筋肉だらけの男ふたりの、汗や別の液体にまぶされ汚された自分の裸のおなかのむこうに、シコのみにくい顔が覗いているのを見ました。顔の筋をゆがませて薄目になっているのですが、喰い入るような目つきでミコトを見つめているのははっきりわかります。上気して、目がとがってぎらぎらしているのです。

「初めてなの?」

ウリセスは返事をする代わりに、情けなそうに笑った。エレンディラの態度が変わった。

「ゆっくり深呼吸しなさい。最初は誰でもそうよ。二度目からはなんでもなくなるわ」

エレンディラはウリセスを自分の横に寝かせ、服を脱がせてやりながら、母親のような気遣いで相手を落ち着かせようとした。

†

祖母はしつこく何時間も、大きな声で寝言を言いつづけた。しかし、それはウリセスの耳には届かなかった。エレンディラの愛撫があまりにも激しかったからである。

シコは、やっと少年から抜けだして、まだその先の青年に橋がかかっているのかいないのか、はっきりしないような様子の男の子です。ウバの家のキッチンで、白いマスクの男に平手打ちをされて尻もちをついているミコトの世話役、というより監視役の若い男の姿を、ミコトは以前見たことがあります。そして、そのひょろりとした情けない若い男にののしられながら尻を蹴とばされているシコを、接待にむかう直前に目にしたことがあります。その時シコは、ミコトに見られているのを感じると、いかついのにニキビ痕が消えていない顔を真っ赤にしてうつむきました。それでミコトは、その日より何日か前に撮影場所で、シコが同じように尻を蹴とばされていたのを、彼女にはめずらしく思いだしたのです。

シコは、脂ぎって腹がせりだした毛深い中年の男にミコトが組み敷かれているのを、開け放たれた部屋の戸口で顔を半分だけさらして、おそるおそる眺めていたのでした。ただ、その片方だけ見える目は、とてもおそるおそるという風ではなくて、血走って飛びだしそうなのです。顔色は、上気して汗ばんでいるのに真っ青でした。と、ライトを抱えてきた男が邪魔だという言葉を節約するためか、シコを勢いよく押しのけました。ミコトは、自分の意識とはちがうところでからだじゅうの、とりわけ敏感な感覚を無理強いさせられている最中だったのですが、シコが情けなくよろけるのを目にした一瞬、ふっとなにかがもどるような感じがあって、ひどくびっくりしたのです。

でも、もし、シコがミコトを撮影場所から接待先に送っていく運転手にならなければ、その奇妙な感じもそのまま忘れてしまったかもしれません。ある夕方、撮影のせいでくたくたに疲れたからだを熱いシャワーでしゃんとさせ、接待にでかける仕度をしてミコトが待っていると、控え部屋の扉をたたいたのはシコでした。もじもじしながら、今日、オレです、とだけ告げました。よくわからないので、いつもの世話役はと訊くと、つっかえつっかえ説明するのです。どうも、なにかおかしな薬のせいで、当分もどってこられないところに閉じ込められたということのようでした。ミコトは、あのなにかがもどるような感覚が奥のほうでうごめくのがわかりました。ごく自然に、シコの手を軽くにぎりました。そのとたん、おかしいくらいシコのからだはびくっとしたのです。ミコトは、いったいどのくらいぶりでしょう、くすっと笑いました。生まれてはじめてそうしたような気さえしました。

シコは、顔は少し眠そうな牛のようで、目も牛まなこで少し気味が悪い雰囲気です。おせじにも美しい顔立ちとは言えません。からだもがっしりしているのに、なんとなく均整が取れていない不安定な印象です。でも、見せるために鍛えたどこか空疎《くうそ》な肉よりもはるかにましな気が、ミコトには、しました。最初にシコが運転手になった日、接待を終えたあと、ミコトはがらんとした公園の駐車場に車をとめさせて、こきざみにふるえているシコを抱いてやりました。それからは、白いマスクの男が差配している「会社」に所属するほかの女の子の撮影がつまっていて、雑用係のシコの手があかない日以外は、ミコトの運転手をシコにしてくれるよう頼みました。たいていは肉がたるんだ、ミコトよりもどちらかといえばウバのほうに歳が近い男の人たちにおもちゃにされ、そのくたびれたからだでシコを受けいれるのは、ほんとうは手足がとけそうなほど物憂い時もあります。でも、解放されるためには、どうしても男の子の力が必要なのです。少なくとも、今のミコトには、それ以外のやりかたを思いつくのはむずかしかったのです。

「お祖母ちゃんの許しがなくちゃ、誰もどこへも行けないのよ」

「話さなきゃいいんだ」

「それでも分かっちゃうわ」とエレンディラが言った。「夢にみるのよ」

それなら夢など見ないようにしてやればいいのだ、という考えにシコの気持ちを吹き寄せるために、ミコトはゆっくり慎重に何度となく彼を撫でつづけました。自信はありませんでした。なぜかといえば、ミコトはやわらかな気持ちを奥の奥の、そのまたずっと奥のほうに封じこめたまま暮らしてきていたので、最初にシコを見た日に感じた、あのなにかがもどるような気分を大きく育てる方法の見当がつかなかったからでした。もっとも、それはそれほど悩むことでもなかったようで、シコがミコトのからだにしがみつくように、身をもみこみながら、どこかに逃げよう、一緒に逃げようとうわごとのようにつぶやくようになるのに、まるで時間がかからなかったのです。

突然、エレンディラが平然とした声でウリセスに訊いた。

「殺す勇気ある？」

度胆を抜かれてウリセスは返事に窮した。

「どうかな……君は？」

「わたしはだめ」とエレンディラは答えた。「わたしのお祖母ちゃんだもの」

ウリセスはその生命力を測るように、眠っている巨体をもう一度眺めた。それから意を決して言った。

「君のためならなんでもやるよ」

☆

今日の接待は、政治関連のようでした。えらそうではありましたが、それほどえらいというわけでもなさそうで、その証拠に隠した撮影機でミコトをその男が抱く様子を撮ったりはしませんでした。ごくたまにあるそんな場合でなかったことに、ミコトはほっとしました。そういう時は、シコ以外にだれかがついてきて、帰りも一緒だったりするからです。バスルームで丹念にからだを洗ってやっても、香料の匂いのなかからなにかぬめるような生臭さがただよっている男は、そのいやな臭気ほどにはしつこくなくて、わりあい短い時間で満足し、すでに「会社」に支払っている金額以外に、ミコトにかなりの紙幣をにぎらせました。ミコトは神妙にそれを受け取り、小さい声で、ありがとうございます、ありがとうございました、と繰り返しながら、部屋をあとにしました。最悪うまく金庫を開けられなかった場合を考えれば、ありがたいお金です。

シコの顔は、青白いのを通り越して青黒くなっていました。ミコトの顔色だって、似たようなものでしょう。ミコトは、念を押すように、うしろの座席から運転席のシコの首筋にキスをしました。冷たい汗でじっとり湿っていました。それからふたりは黙ったまま、白いマスクの男とウバがいる屋敷へとむかいました。高層のビルが建ち並ぶ街を抜けて高速道路を走り、やがて黒々とした森のそばの出口をでます。くねくねと曲がりくねる道の両脇は、森に溶けこんで同じ色になっている広大な墓地です。いっそふたりともさっさと墓地の一角に埋まってしまうほうがいいのかもしれない、とミコトは、ウバに触れる時におぼえるおぞけを、何十倍もの強さで感じました。が、それを抑えつけるために、シコに用意させた軍手をふくろから取りだして手にはめました。一番小さいものですが、ほんの少し指先が余ります。ぎゅうっと手元にひっぱってすきまをなくして、心を落ちつかせます。シコにも大き目のそれをはめさせました。

にじんだようにまたたく蛍光街路灯が、暗闇のなかに沈みかけるウバの屋敷のシルエットを、かろうじて周囲と分けています。静かにシコは車をとめ、猟刀をダッシュボードから取りだします。鞘《さや》から抜きはなって、一度眺め、にぎりしめてから上着の内側に隠すようにします。ミコトは彼の前に立って、玄関に近づき、いつものように呼び鈴を鳴らします（ミコトは、鍵を持たせてもらえないのです）。しばらくすると、白いマスクの男が扉を開けました。ただいま帰りました、とミコトが言って玄関に入り、そのあとからシコが足をふみいれました。

白いマスクの男は、すぐにそれに気づき、なんだなんだ、お前は入ってこなくていいんだ、帰れ帰れと右手をふって追い払うようにした、そのがらんと空いた右のわき腹にシコのにぎりしめた猟刀が吸いこまれます。マスクの男は、身の毛もよだつうなり声をあげました。その声に決して負けまいと、シコはミコトのからだに自分のからだをねじこんでいくのとそっくりの形で、相手のからだをえぐりながらどんどん屋敷の奥に入っていきます。そして、とうとう開いていたキッチンの入口からマスクの男を押し入れて調理台のうえに倒しました。マスクの男はぐったりと動きません。不思議なことに、マスクはずれもはずれもしませんでした。

シコは荒い息をついてへたりこんでいます。でも、それがなんだというのでしょう。ミコトは、もっともっとひどい疲労に襲われてきたのですから。血まみれのシコをミコトは抱きおこし、まだやらなければならないことがある、と目で訴えます。シコも力をふりしぼって立ちあがります。ウバは、映写室できっと夢を見ているはずです。

大柄な、岩のような祖母は苦痛と憤怒の声をあげながら、ウリセスの体にしがみついた。その腕や脚、毛の抜け落ちた頭までが緑色の血に染まっていた。ようやく始まった臨終の喘ぎに

調子を乱されながらだが、ふいごを吹くような凄まじい息遣いがあたりを圧倒した。ウリセスはふたたび得物をにぎった手の自由を取り戻して、下腹を切り裂いた。返り血で足まで緑色に染まった。祖母は生きるのに必要な空気を求めながら、俯せに床に倒れた。ウリセスは力の抜けた腕から逃れ、休まず、倒れている大きな体に止めの一撃を加えた。

血の匂いもひどいのですが、糞尿の臭気がそれにまざって、呼吸することもできないほどです。こわれてしまった安楽椅子と映写装置とにはさまれて倒れているウバの姿を眺めて、ミコトはおむつくらいは替えてやってから殺してあげてもよかったのかもしれない、と思いました。といっても、後悔というほどではなくて、第一まだ仕事が残っていて、もの思いにふけったりする暇はありません。今度こそほんとうにへたりこんでいるシコに、白いマスクの男をこの部屋まで運んで、と命じました。シコは、ミコトがなにを言っているのか、まったく理解できない目つきでしたが、それでも苦労して立ちあがります。

調理台のうえで白いマスクの男は、平べったくなっていました。シコは死体をもちあげるためにかがみこみ、ミコトに背を向けました。ミコトは、ためらいのないなめらかな動きで、白いマスクの男がいつも使っていた牛刀をしっかりにぎると、男の子じゃなくても、と心でとなえながら、シコの首筋を深々と切り裂きました。シコはかん高い笛のような音を洩らし、ふりむいて手をのばしました。まるで信じられないことに出会った驚きで、目がはりさけそうに見開かれ、それからくるりとひっくりかえり、マスクの男のからだに重なって倒れました。でも、ミコトはへたりこんだり気絶したりしません。太く荒い呼吸を静めながら、牛刀をマスクの男の手のひらに載せると、映写室の壁にしつらえたウバの隠し金庫にむかいました。

エレンディラは素早い動作で金の延べ棒のチョッキをしっかりつかみ、テントを飛びだした。

ミコトは、血まみれの服と軍手をポリ袋に入れてしっかり口をしばり（どこかの海にでも棄てましょう）、からだを洗い、身だしなみをととのえてから、洗面所の大きな鏡とむかいあいました。顔からは蒼ざめた興奮がとれて、透きとおるようでした。もう誰からも命じられなくていいのですから、ミコトでなくてもいいのですし、おとうさんを殺したおかあさんのようにも、あるいはウバのようにもなれるのです。ただ、ミコトは美しい琴という漢字で記される自分の名が好きでしたから、それでもいいと思いました。玄関を出て歩きはじめる瞬間、三歩だけそおっとスキップしました。

金の延べ棒のチョッキを抱いた彼女は、荒れくるう風や永遠に変わらない落日の彼方をめざして走りつづけた。その後の消息は杳として分からない。彼女の不運の証しとなるものもなにひとつ残っていない。

食べる？　食べられる？

　今まで片時も忘れなかった、というような話では、もちろん、ありません。最初は九歳とか、とにかく子どもの時に始まって、たぶん二十くらいの頃にはほとんどあらわれなくなったようにおぼえていますから、三十年近くものあいだあまり脳裏をよぎることはなかったのです。決してずうっと頭から離れずに考えていたわけではないのです。ごくごくたまに、黒々とした気分がからだの奥の方から立ちこめてきたりすると、思いだしたりはしました。ところが、この半年ほど、頭のなかでは、考えている事柄とはまるで関係なしに、その想念が不動の背景になっているのです。仕事やらなにやらしなければならないことが多いと、背景は見えなくなります。ただ、ふっと用件が空白になると、背景がせりだしてきます。昼のうちは白日夢、夜になればそのまま夢としてその背景はうごめくのです。

　眠りが浅くなったせいもあるのでしょう。脳が閉じられていなくて、起きていても、ずっと夢のなかをさまよっている感じがあります。その夢も、若かったあの何年かのあいだなじんでいたものだというのは、はっきりしているのに、ずいぶん様子がちがっています。その昔には、はっきりとなまめいて甘美だったそれは、今ではずきずきと動悸が胸をうつように不穏な雰囲気です。はっきり悪夢というのではありませんが、不安のもやが白いくもりになってただよっていて、なんだかどろりと生臭いのです。それでいて、惹かれてしまうのですから、わけがわかりません。

雑木林ですからほどほどに明るくて、しかも他の人間が決してみだりに入ってこられない結界がはりめぐらされています。おとぎ話で木こりが住んでいるようなこぢんまりとした丸太組みの小屋は、扉を開けると複雑に入り組んで地下へと続く土間の迷宮へ姿を変えるのです。一番奥底の秘密の部屋には、大きな大きなかまどがあって、その上には人間がすっぽり入るくらいの大きな鉄鍋が置かれています。ごく最初の頃は薪の火でしたが、よく考えると火力が安定しませんし、第一煙が出て大変です。だから、やがて現代的にガスになりました。かまどとの組み合わせには多少違和感がありますが、いいことにしていました。

鉄鍋のなかではお湯がぐつぐつと沸いています。そして、とてもきれいな女の子が素裸で煮えています。栗色の髪が沸騰する湯でゆらめき、白い肉は茹《ゆ》だってふんわりふやけ、不透明になっているのです。ドウジ君は、いとしくてたまらなくなって、唾をのみこみます。火を落として、女の子を取りだそうとして、その煮えたからだをどうやって大きなお皿に載せるかはたと困るところで、たいていは途切れます。

大好きなのかはよくわかりませんが、転校してきた女の子のあまりのきれいさに、九歳のドウジ君は息を呑むほどのショックを受けて、それで食べたくなったのだと思います。放課後に一緒に教室の掃除をしたりする時、栗色の髪を彼女がかきあげ薄桃色のちいさい耳が見えたり、かがみこんでみじかいワンピースのすそからおしりが少しはみだしたりすると、ドウジ君は思わず口をぱくぱくさせます。学校が終わると夕暮れの道を急いで、秘密の場所に急ぎます。

ドウジ君の家の近くにはかなり大きな川が流れていて、その岸辺にそって工場がいくつも並んでいました。そのなかには商売がうまくいかなくてつぶれてしまい、そのまま放りだされて朽ちている建物もあります。近所の子どもたちは、よくそこに入りこんではかくれんぼをしたりするのですが、ドウジ君はどちらかというとひとりが好きなので、赤さびたドラム缶やなにに使うのかわからない機械の奥深くにひそんで、夢想するのが好きなのでした。工場の裏手には、雑木林と原っぱがひろがっていて、工場からひっぱりだした板やダンボールで小屋を作ることもあります。天気がいい日は、ドウジ君はそこに人喰い鬼の童話の本を持ちこんで読みながらぼんやりします。

転校生の子は、煮られるというような野蛮な待遇をされるだけではなく、そっとしずかに横たえられて、アップルパイ（ドウジ君の好物でした）のように切りわけられて、しずしずと食べられることもあります。彼女に飽きてしまうと（なんと薄情なのでしょう）、年に何回か親戚であつまる時に出会う、年上のいとこのお姉さんが登場したりもするのです。料理方法も、本屋さんで立ち読みした料理書でだんだん豊富になります。おとうさんは中学の先生で、おかあさんも小学校で教えているので、ふたりともドウジ君が本を買いたいといえばよろこんで買ってくれましたが、さすがに料理の本を欲しいというのは変なので、立ち読みするほかないのです。ただ、おかしな副産物もあって、ドウジ君は忙しい両親の代わりに夕食を作れるようにもなりました。おかあさんは、どこでどうしてそんなことをおぼえたの？ と聞きましたが、「どうして」の問いには答えられませんから、「どこで」の方にだけ返事をしました。それからは、料理本も豪華なものでなければ買ってもらえることになりました。

食べたい夢想がいつもひどくむずむずするエッチな気分と一緒にあらわれるので、ドウジ君はそれが性の欲求と深い関わりがあることには、うすうす気づいていました。ちょうど精通を経験してもいましたから、ああ、自分はそんな風なタイプなのか、という感覚でした。あまり話題にするようなことではないですから、ほかの男の子にも同好の士がいるかどうかはっきりしませんでしたが、そっと見まわすかぎりでは一般的なタイプではなさそうでした。ですから、用心深くそういうことについては黙っていることにしました。

ただ、ちょっと困惑したのは、食べたい女の子のコレクションを増やしていくうちに、気になった男の子までもがそのリストに割って入ってくるようになったことです。なんとなく自分が男なのだから、相手は女の子であるべきだという気がしていたからです。なんだか、自分自身を自分が食べたがっているようで、不気味でもありました。

中学に入ると、鬼や怖い魔女が登場する民話や童話ばかりでなく、実際に人を食べてしまった犯罪者の記録とか歴史上の残虐な出来事を描いた本などにも手を出しました。それは、自分の夢想が別にそれほどめずらしいものではないことを納得したいという、ごく当たり前の気持ちに突き動かされてという面もありましたし、こういうことに惹かれてしまうだれかがたくさんいるんだということを確認して安心したい（だって、そういう事柄が何冊も本になって並んでいるのですから、読みたい人はたくさんいるわけです）という感情もあったにちがいありません。世界史の先生などは、授業中に人喰いをテーマにした小説を生徒に紹介したので、ドウジ君はますます安心しました。魯迅《ろじん》という中国の人が書いた『狂人日記』というのが、それです。

周囲の人間が家族も含め、みなずっと人肉食の風習に染まっていて、自分のことも食べてしまおうとしているのではないか、という疑いにとりつかれた男の日記の形をとったもの、という小説の内容を先生は紹介し、親の病気を治すために子どもが自分の肉の一部をさしだすことが親孝行、といった種類の儒教道徳の考え方を、象徴的に批判した作品だ、と解説しました。ふうん、そんな本があるのか、と、おこづかいで文庫本を買って読んだドウジ君は、しかし、象徴的という先生の解説は腑に落ちなかったのです。というのも、文章からあきらかに芳《こう》ばしい人肉臭がただよってくるように感じられたからでした。

数日前、狼子村《ランツ》の小作人が不作を訴えてきて、僕の大兄《おおにい》さんに向かって言うには、村にとん

でもない悪人がいて、みんなで殴り殺したところ、数人の者がその男の心臓と肝臓をえぐり出し、油で炒めて食べたという――肝っ玉が太くなるからだ。

どう読んでみても、おいしそうなのです。たしかに、殴り殺すという風なやり方は、ほんとうに乱暴で、肉の味もそこなうように思えますが、心臓と肝臓の炒め物はきちんと血抜きをするという条件付きでいい料理になるはずです。猟でしとめた肉をどう処理するかについて書かれた本を当時すでに読んでいたドウジ君としては、常識のうちでした。一緒にニラなんかも炒めたら、きっともっと美味なはずです。もちろん、だからといって、中国を代表する偉い作家（先生は、そう言っていました）が、おいしいから食べたくなってもしかたない、などと言っているわけもないのは、はっきりしています。

ただ、作者が自分だけ高い場所にいて、食べる人をののしっているのではないのも、しっかり感じとれました。主人公が、自分を妹の肉を食べたのかもしれない者、四千年の人喰いの履歴を持っている者だと言っていたのを、ドウジ君はよくおぼえています。たぶん、まわりでごく当たり前に人が食べられていたので、それに反対しても力が足りないように作者は思ったということなのかもしれません。少なくとも『狂人日記』をはじめて読んだ頃のドウジ君は、どうして人が人を食べてはいけないのかについて、はっきりした理由を考えつけませんでした。だから、なんとなく作者がとても困っているように思われて、気の毒な作品だなあ、という感想を持ったのでした。

君たちだって改められる、心の底から改めるんだ！　やがて人食いの人は許されなくなる、この世で生きていけなくなるということがわからないのか。

ドウジ君はたくさん読みました。翻訳でしたけれど、サドというフランス貴族の書いた小説や、お坊さんがかわいがっていたお稚児《ちご》さんの死を悲しんで食べてしまったあと鬼になってしまう古いお話や、山ほどある中国の人喰いの話をかたはしから。それだけではありません。人を食べたがるのは異常心理に分類されるという知識も持ちましたから、そういう心のかたむきを解説した精神医学の書物ともおなじみになりましたし、そもそも共食いとは生きものにとってどういう意味を持つものなのか、といった生物学の本も読みふけりました。また、人を食べた人がかかるという、おそろしい病気の存在も知りました（ずいぶんあとのことですが、牛を食べて同じようになるケースがあり、世界中大騒ぎになりました）。

そうしているうちに、子ども時分のおとぎ話のような夢想は、少しずつ色あせていきました。読む本の範囲も広くなって、結局大学を卒業した時には図書館の仕事ができる資格を手にしていました。そして、就職して、人を食べてしまうこともなく、今までやってきたのです。べつにいばることではありませんが、結婚して子どもが生まれて、奥さんや子ども（娘がふたりです）を、やっぱり食べたりせずに暮らしてきたのです。それなのに、ちょっと昔にもどってヘンテコになってしまったのは、ドウジ君には意外でした。青春の復活なんてよろこぶ話でもありません。

はっきりしたきっかけがあったとは思えないのです。ただ、昔の夢想がもどってくる少し前、政治家のために資料を用意していたりすると、その政治家を食べてみたらどうなるかなあ、といったほんとうに子どもっぽいことを思い浮かべたりしはしました。また、朝めざめたとたんに、気分が重くなるような感覚もありました。この世の空気がべとりと気持ち悪い。そんな感じです。ひょっとすると、心のどこかに開いているはずの空気抜きの穴がつまっているのかも、という気になりました。そこで、コンピュータの中に「シュテンドウジの館」という名前の場所を作って、消えてくれなくなった昔なじみの夢想とか、書棚の奥にしまいこんでいた人喰いについての集積を収納し公開しはじめたのです。ドウジ君は、こうして一種のペンネームとして、生まれたのでした。

☆

「館」を充実させていく作業は、それなりに楽しいのです。ながらく読み返すこともなかったなつかしい書物たちを、深夜ゆっくりめくりながら、どういう部屋を用意してこの内容を収蔵しようかと思いめぐらしていると、いつのまにか時間が経ってしまいます。仕事場では、古い貴重な書物を写真に撮ってデータにしていくといったことを以前よくやっていましたが、個人的な興味とは距離のあるそうした作業をするのとはちがって、なにしろ自分の一部といっていいものを切り取って（！）提供するのです。むずむずするような痛いような、なんともいえない感触が背中の下の方から首筋にまで這いのぼってきます。だれが見ているわけでもないのですが、時折照れ隠しのようにぶるっと身ぶるいしたりします。

何事もやはり研究してこそ、はじめてわかるのだ。人が昔からしばしば人食いしてきたことは、僕も覚えてはいるものの、ちょっとあいまいだ。歴史を繙《ひもと》いて調べてみると、この歴史には年代はなく、どのページにもグニャグニャと「仁義道徳」などと書いてある。どうせ眠れないのだから、夜中まで細かく読んでいると、字の間から見えてきた字とは、本の端から端まで書かれている「食人」の二文字だった！

歳をとったせいでしょうか。それほど遠くない過去の、実際に起きた人肉食がらみの犯罪を描いた実録ものなどより、古代ギリシアの悪虐《あくぎゃく》な王が息子の肉をそれと知らずに食べさせられてしまう話とか、自殺してしまった妻のからだを泣く泣く餅にして食べた夫のことを伝承する日本の昔話とか、インカ帝国を侵略したスペイン軍の一兵士が差別的な視線で眺めた先住民の風習とか、そういった書物の紹介や要約を収める部屋の構築にじっくり時間をかけてしまいます。もちろん、中国の部屋はとてつもない収蔵量なので、時代別に分けなければならないでしょう。カバーとしてかけられていた硫酸紙がぼろぼろになってしまっている古い蔵書を、新しい紙でくるんでいると、それがこすれてたてるかさかさという音は、わけもなくドウジ君の心をゆったりさせてくれるのでした。

そうそう、硫酸紙は大切です。雑誌や最近の文庫本、箱入りの書物などは別ですが、長く保存するための本には、ドウジ君は硫酸紙のカバーをつけます。あの独特の感触が好きだからというのもありますが、さらに大きな理由は半透明なあれで本を包むと、表題がよく読みとれなくなるという利点があるのです。その昔、結婚前の奥さんとデートをしている最中に本屋によって、なにげなくグロテスクな書名の一冊を手にして読みだしたところ、奥さんが眉根にしわを寄せて気味の悪そうな顔つきになりました。ドウジ君はすぐにそれと気づいて本を棚に戻し、なにか愚にもつかない言い訳を口にしてその場を離れました。以来、奥さんが嫌いそうな本だけでなく、蔵書の多くに硫酸紙のカバーをかけるようになったのです。

さいわい奥さんは、青髯の若い奥さんたちのような好奇心旺盛なタイプではなく、ドウジ君の部屋の書棚をしげしげ眺めたりする習慣はありませんから、なんとなく書名が見えなければ不快には思わないはずなのです。それに、ドウジ君の趣味に気づいていても、それが気持ち悪く暮らしにはみだしてこなければ、別になにも言わない区分けのはっきりした性格なのでした。

それに、ドウジ君も奥さんとのこれまでの暮らしのなかで、ヘンタイ！　なんて言われてしまうような行為は、いっさい慎んできました。そもそも、頭のなかで考えているだけでだいたいは満足するので、ごくふつうにおとなしくしていることに別段苦痛は感じないのです。当然、「シュテンドウジの館」も奥さんには内緒です。

ともあれ、こつこつと館、というより趣味の図書室のようなものができあがっていくにしたがって、ぐっすり眠れるようになってきました。昔の妄想も、意識して思い浮かべようとしないかぎり、むやみにでしゃばってくるということはなくなりました。そのかわり、今度はせっかく作った館をだれにも見せないでいるのは物足りない、という気持ちが生まれてきたのです。もともと自分のためだけのつもりだったのですから、ウェブ上に建設していても、外界にはつながっていない状態で作業をしていました。ところが、と、ドウジ君は苦笑してしまうのです。なんなのでしょうか、この他人にも見せたい感情というのは。それも、こうしたことをよく理解してくれるだれかとつながりたいという願望。おびえはありましたが、どうせ館のなかでは正体不明なドウジなのです。えいや、と外部からメールを受けとれる通路を開くことにしたのでした。

ふと男がやってきた。年はせいぜい二十歳ほど、顔つきははっきり見えず、ニコニコ笑いながら僕に向かってうなずくのだが、その笑顔もどうやら嘘っぽい。そこで僕はこうたずねた。

「人食いするのは、正しいことか？」男はなおも笑いながら「飢饉《ききん》の年でもあるまいし、人食いなどあるはずないでしょう」と言う。奴もぐるで人食いが好きなんだ、とピンときたので、僕は勇気百倍、問いつめてやった。

「正しいか？」

「そんなことを聞いてどうするんです。まったく……冗談がお好きで。……今日もいい天気ですな」

天気はいいし、月の光もとっても明るい。僕はそれでもあんたに「正しいか？」と聞きたいんだ。


コメント欄といった、軽々しく書きこめる、場合によっては罵言《ばげん》だけを投げつけることもできるようなコンタクト場所ではなく、メールということになると、それなりに接触しようとする側にも負荷がかかるのでしょう。「シュテンドウジの館」へのはじめての通信は、通路を開いてから二カ月近く経ってからでした。佐藤一郎というありふれた、ひょっとすると本名ではないかもしれないと思わせるその人物は、ドウジ君の館を口をきわめて褒めてくれていました。その熱のこもった書きぶりはこそばゆくなるほどで、さていくつくらいの歳のひとなんだろうか、といぶかしく思わせる弾み方なのです。

ただ、ウェブ同士らしい自己紹介はあって、彼自身のサイトのＵＲＬが記してありました。

そこを覗いてみると、「カンニバル博士の診療室」という名前なので、失笑してしまいました（もっとも、ドウジ君だってシュテンドウジですから、他人を笑えたものではありません）。中身はというと、ドウジ君があまり力を入れていない分野、つまり犯罪実録系、それから精神分析方面の内容が多いのです。なるほど、ドウジ君のサイトに、古典や歴史文書、民話や文学、それに文化人類学の研究書などがたくさん登場することを、格調高いと褒めてくれていましたが、その理由がなんとなくわかる雰囲気です。といって、「カンニバル博士の診療室」が下品かといえば、そんなことはなくて、扱っている事柄のどぎつさはちゃんとやわらげられています。安心、というのも変ですが、ごく当たり前のマニアックな人なのだと感じられました。

　そんな印象に後押しされ、ドウジ君もていねいな返信をしました。やりとりをしているうちに、佐藤一郎というのが本名であることもわかりましたので、ドウジ君もなにかバランスが悪い気がして本名を伝えました。本にくわしいようだが、なにかそういう仕事なのかと、三度目のやりとりで遠慮がちに尋ねられたので、簡単に図書館関係の仕事だとも書きました。なるほど、という反応があって、以来もっぱらむこうがどこかからひっぱってくる話の断片が、どこのどんな本に載っているかを教えるような立場になってしまいました。なんだか、昼間の業務の一部のようで妙な気分でしたが、それはそれで楽しくないことはないのです。しかも、カンニバル博士にはドウジ君を超えるひきだしがひとつあって、それは古今東西の人肉料理のレシピでした。妄想人肉料理のために子どもの頃は腕を鍛えたドウジ君でしたが、次第にオリジンを忘れてただの料理上手（奥さんは、ドウジ君の料理が大好きです）になってしまっていたので、博士のうんちくには感心しました。

そうやって交流しているうちに、ある日カンニバル博士が、現実の世界で一緒にある催しに行かないか、と誘ってきたのです。博士によると、それまでドウジ君には伝えていなかった同好の士のネットワークがあって、そのお祭りがあるのだと言うのです。なんでも、そのお仲間の中心人物はたいそうなお金持ちで、その人の大きな別荘に集まって一年に一度パーティをするのだとのこと。今度で三回目だそうで、きっとドウジ君も気にいると思います、と博士は断言するのです。参加費は、高級なフランス料理店のスペシャルコースくらいですが、それでもまったく赤字くらいの豪勢な宴《うたげ》なのだとか。ちょうど、職場が三連休になっている日程でした。

さて、どうしたものか。

☆

うららかな秋の日でした。東京駅のホームではじめて会ったカンニバル博士こと佐藤一郎氏は、ドウジ君よりもひと回りほど若い感じの好青年、ではなくて好中年の入口にさしかかっている色白の男性でした。仕立てのいいダークスーツに濃いれんが色のボウタイ姿が、しっくりしていいます。恥じらいというのもおかしなものですが、なんとなくぎこちない初対面の挨拶をかわすと、ふたりは新幹線にのりこみます。一時間ちょっとで別荘地のある駅に到着し、そこからはタクシーで目的地に向かいました。あたりは、黄色を主体に鮮やかな赤がアクセントを加える紅葉の景色です。駅から二十分ほど走ると、カンニバル博士があそこです、と指をさして教えてくれました。開け放たれた門から車は砂利道に乗りいれ、建物（大企業の保養所みたいな雰囲気です）の正面玄関でとまりました。

たしかにずいぶん大きな敷地です。門から玄関まで歩けば、三分くらいはかかるでしょう。ドアマンがドアを開けてくれるのも大仰ですが、中に入ると大理石の床にシャンデリアがたわわに天井からさがっているホールがあって、その向こうには大広間が見えます。まだ正午をようやく回ったくらいですが、すでに三、四十人ほどの客が赤い液体が入ったグラスを片手に楽しげに談笑しています。ドウジ君は一瞬ひるみましたが、カンニバル博士がずんずん中に入っていくので、いきおいでそのあとに続きます。白いクロスがかかったテーブルが広間の四方とまん中にしつらえられていて、ホテルで開かれる盛大な立食パーティのように、にぶく銀色に輝く大皿や保温ができる鍋や、ドウジ君にもよく名前がわからない巨大な銀色のサーブ用の器具が置かれています。

博士は広間の奥までたどりつくと、どこか山岳登山家風にひげをはやした大柄でがっしりしたタキシード姿の男性に近づき、手を振りながら頭を下げるという器用なことをしました。その人が別荘の持ち主で、パーティの主催者のミンスキイさんでした。ドウジ君は博士にうながされて自己紹介しましたが、それにかぶせるように博士がさまざまに説明を加えてくれたので、それほど口数多くしなくてすみました。年齢の見当がつかない、といって、ドウジ君よりは年かさのようでしたが、同好の士向けの呼び名から察して、サド侯爵を愛読しているだろうミンスキイさんは、肉づきのいいぶあつい右手で、ドウジ君の手をにぎり愛想のいい笑顔で如才のない挨拶をしてくれます。ただ、目の奥には妙にきらりとした光が走ります。ほんとうの仲間なのかさぐられているのでしょうか。それとも……。

やがて、彼はハンドマイクをにぎって喋りはじめました。今年も「カンニバル・カーニヴァル」にようこそ、ということばを聞いて、ドウジ君はあやうくふきだすところでした。でも、なんだか周囲から見張られているように思えてきて、うかつにそんなことはしてはいけないとこらえます。たぶんそれは思い過ごしで、まわりの人たちは赤ワインや赤いジュース（鬼子母神にちなんだざくろのジュースのようでした。そういえば、テーブルには新鮮な旬のざくろも山盛りになっています）でさかんに乾杯し、肉料理ばかりが並んだテーブルにむらがって、われさきにと料理を皿にとっています。

ふと気づくと、広間の壁はスクリーンと化していて、映画が映しだされています。『ひかりごけ』と『コックと泥棒、その妻と愛人』、それに有名な『羊たちの沈黙』の第一作はドウジ君にもわかりましたが、もうひとつは知りません。カンニバル博士にたずねると、『人肉レストラン』という最近のスペイン映画だとのことでした。その映画にはなんだかドウジ君たちがいるそのパーティと、人種はちがいますが、どこか似ている光景が映しだされていて、それが奇妙な雰囲気をいっそう強めています。

　スプーンでさっくりと切れる赤ん坊をかたどった蒸し煮料理、頭蓋の上がないドクロに盛られたカレー風味の肉、人毛を模した、たぶん海藻でできているのでしょう、黒いひとすじがてっぺんからちょろりとはみだした肉まんとか、幼稚といえば幼稚な悪趣味満載の料理を、だれもが嬉々として口に運びながら、夢中で話しています。

　うわあ、このスープ仕立ての人参果《にんじんか》おいしいわあ、でもさ、人参果って赤ん坊の形をした果実だから肉じゃないよね、結局食品衛生法違反にも問われなかったんでしょう、切りとった自分のおちんちんを料理してだしたあのイベント、あははは、ゴムみたいってねえ、ぼくはね葉山嘉樹の『死屍《しかばね》を食う男』ですね、大理石みたいに半透明の死体になった食人鬼ってロマンティックですよ、ねえねえ、ミンスキイさんて、ナイジェリアのどこかの島で何度も食べたんですってね、ああ、聞いた聞いた、香辛料の利いたトマト風味が多いらしいね、あの人肉カプセルってものすごい雑菌だらけで危険だそうだけど、まあ当たり前だよね、イノシシが一番近いらしいよ、同じ特別料理ならアミルスタン羊でしょう、ソースは重要ね、自分で自分を食べるんなら問題ないわけだ、ざくろすっぱーい。

　ドウジ君は、他愛なく笑いさざめく男女の混雑にもまれ、自分も愛想笑いをしたり、話題に乗ったり、人肉もどき（のはずです）料理を口にしたり、赤しか用意されていないワインを口に含んだりしながらも、だんだんうつろな気分になってきました。というより、床が沈んでいくようなこころもとない不安感といってもいいかもしれません。なにかがとてもまちがっている気がして仕方がないのです。いや、そもそもそんなばかげたパーティをやっているだけで、くだらなくまちがっているじゃないか、とふつうの人からはいわれてしまうでしょうが、それとはちょっとちがうのです。

自分は人を食いたいのに、人に食われるのを恐れているので、みなひどく疑り深い目つきで、顔色をうかがいあっている……

そんな考えを捨て、安心して働いて出歩き寝て食べていれば、どれほど気持ちの良いことか。これは敷居の一つで、難所の一つにすぎない。それなのに奴らは父子、兄弟、夫婦、友人、師弟、仇敵に赤の他人までが、ぐるになり、たがいにけしかけあい、牽制しあって、跨《また》ぐための一歩を死んでも踏み出せないのだ。

†

僕は知らぬまに、妹の肉を数切れ食べていたかもしれず、今では僕自身の番となったのだ

……

ふいに、それこそかみなりにうたれたように、ドウジ君は気がつきました。ここにいる人たちはみな、ごくごく自然に食べることばかり考えているのだと。いえ、考えているというのさえ当たらないのかもしれません。気管支炎にでもならないかぎり呼吸を意識しないように、自動的に食べる側にみんないるのです。もちろん、ドウジ君も。食べられてしまう者は、ここにはいないのです。もしくは、食べられたとしてもちっとも気づかない可能性さえあります。昔読んだ『狂人日記』をドウジ君はまざまざと思いだしました。主人公は食べられてしまう恐怖におびえながら、知らず知らず食べてしまっている自分を悲しみ、他の人たちに一日もはやく食べるのをやめるように叫びつづけます。**改めさえすれば、みんな楽しく暮らせるんです。**

　でも、魯迅が書いた時代から百年近く経ち、それは半分は正しく半分はちがった結果になりつつあるのではないでしょうか。人は他人を直接食べなくても生かしたまま食べることができる方法を開発してしまって、しかもそれはとりあえずは痛みを麻痺させるのです。食べられているのに食べられた気がしない時間が続いていると、やがて食べられる人も苦しいのは食べられているからではなくて、自分がだれかを充分に食べられるようになっていない状態だからいけないのだ、と、麻痺が頭にまわってしまって、自分の尻尾をめがけてのぐるぐる回りにはまりこんでしまうのではないか。たまにひどいことが起こって、食べられてしまう自分に気づいても、麻痺があんまり強力な効力を持っているために、すぐにまたよくわからなくなってしまうのではないか。すくなくとも、この国ではずいぶん前からそうなっている気がしてなりません。

ドウジ君は、すごく気分が悪くなってきました。胃がムカムカします。いえ、そもそも「シュテンドウジの館」を作りたくなってしまった経緯そのものが、その気持ち悪さゆえだったにちがいありません。だから、今になって気持ち悪くなったのではないのです。食べられる恐怖が失われてしまった世界は、いったいどうなるのでしょう？　食べてしまうことが呼吸のように自然な人たちと、食べられる痛みが食べられる痛みだとは気がつかないほど麻痺している人たちが、にこにこしながらからだのあちこちを食い散らされていってしまう世界？　いや、そんな風に単純に分けられるかどうかさえわかりません。今この時も、食べられることにおびえながら暮らす人々も、きっと世界中に数え切れないほどいるはずですから。

よろよろとしだしたドウジ君の様子をじっと眺めていたミンスキイさんが、ふいに凶暴な表情になって合図をしました。すると、それまではしゃいでいたパーティの出席者たちは、男も女も実にすばやくドウジ君のまわりにあつまってきました。だれよりもはやく駈けつけたカンニバル博士が、どうされました？　大丈夫ですか？　と、さぐるようにたずねます。他の人たちも、目をキラキラさせながら、お水を持ってきましたよとか、隣の部屋にソファがありますから、そちらでお休みになったらどうでしょうとか、親切なことばをかけてきます。ドウジ君はうまく返事ができません。天井が遠くなっていくようです。だれかのとてもとても力強い手が、がっしりとドウジ君の肩をつかみました。

ブドリとネネム

森のずっとてっぺんのほうで風がどうと鳴っていました。空なんか青く青く澄みきって、まるで硬いサファイアです。お日さまが光の粉をふりまくので、葉っぱをすっかり黄色くした背のたかいブナは、金のコートを着ているようです。草むらもどこもかしこも、そこらじゅうにころがっているどんぐりたちも、光の粉をまぶされてきらきら光っています。みんな歌をうたっているのですが、もちろんブドリにはそれがなんの歌なのかはわかりません。ただ、のんののんのんのん、のんのんのんと実にもう気持ちの良い振動です。水晶のように透きとおったふしぎな帯が、真っ青な空からふいにぎらっとあらわれ、ブドリめがけて降ってくるのです。帯はブドリのからだをぐるぐる巻いて、きゅっと締まって消えました。あんまりびっくりしてブドリは泣きだしました。泣きながら、どうしてもしなければならないことがあるような気がしたのでした。

ブドリが生まれてはじめて見た景色は、そういうものでした。いいえ、実際に見たのかどうかはわかりません。赤ん坊が目をぱちりと開けた時に、森の中にいるのはすこし変ですから、そうでないかもわかりません。でも、ブドリはほんとうにもう、どうしてもそんな景色があったようにしか思えないのです。それに、実際とほんとうがちがっていることはよくあって、ブドリはだれに教わらなくてもそれを知っていましたから、別に気にしませんでした。

ブドリという名は、ブドリのおとうさんのおばあさんのネリの、二十七歳で青空の大循環の風になったお兄さんにちなんでつけられました。とても立派な人だったことは、ミヤザワケンジという作家が『グスコーブドリの伝記』を書いてくれたことでもわかります。おそろしい寒気がやってきそうなある年のことです。飢饉でおとうさんとおかあさんを失った自分や妹のようなかわいそうな子どもが、またたくさんできてしまうと思ったグスコーブドリは、そんなことはさせられないと、カルボナード火山島を人工的に噴火させて大空を暖かくし、そして、自分は噴火と一緒にいさぎよく青空めがけてふきとんだのでした。

ブドリは、グスコーブドリのその伝記を十歳の時に読んで、さみしいようなかなしいような気持ちになりました。立派なことは、きっとさみしいようなかなしいようなことなのでしょう。同じ名前をもらったけれど、ぼくにはそんな立派なことはできそうにないなあ、とやっぱりさみしいような、けれど、ほっとするような気持ちで本を閉じたその刹那《せつな》、あのぎらっと光る帯に抱きすくめられる気配がしてぞっとしたのでした。

ブドリのしあわせな時間は、伝記を読んだ次の年まで続きました。その年は、おかしな天気ばかりが続きました。あまり雪の降らないブドリの町に、おとなの背丈ほども雪が積もったり、六月がまだ終わっていないというのに、つづけさまに大きな嵐が三つもやってきて、ものすごい雨を降らせました。町のまんなかを流れる川は、ごうごうすごい音を立てて泥色の大きなうねりになって、今にも町にあふれてきそうです。

ブドリのおとうさんは消防の仕事をしていましたから、町のみんなが家の前に土嚢を積む手伝いをしたり、高い場所に避難させたり、走りまわります。おかあさんは、歩くのが不自由だったり寝たきりだったりするひとたちの世話を病院でしていましたから、やっぱりその人たちを避難させなければいけません。ブドリはおとうさんに言われて、川があふれても大丈夫な学校の体育館にいました。

でも、ブドリは、やっぱりおとうさんとおかあさんのことが心配でたまりません。心細くもありました。とうとう、がまんできなくなって消防署か病院に行こう、と腰を浮かしたちょうどその時でした。体育館の天井にぶらさがったお椀型の電燈が、いなびかりのようにぴかぴかっとしたかと思うと、いっせいに消えました。すると、夕方の、それも雨で暗くなっている空の色が体育館の窓からどっと入りこんできて、大声をあげて騒ぐ人々の顔を灰褐色の瑪瑙《めのう》のように染めました。それから今度は、地面がにわかに怒ったようにぐわらぐわらと揺れて吠えたのです。ごうっという地鳴りがして、ぼきぼきと木が折れる音も響いてきます。だれかが、山津波だあ、と叫びました。ブドリは夢中でとびあがり、鉄砲玉のように体育館の入口に走りました。

なんという光景でしょう。ブドリが虫取りをしたり、きれいな石をひろったりして遊んだあの山が、背中に森をのせたまま、生きもののように町を踏みつぶしていくではありませんか。木々がうねりながらぎいぎいふうふう叫んでいます。家々が次から次へと、山の足に踏まれてつぶれていきます。ブドリは目の前が青くなったように感じて、思わずしゃがみこみました。耳がきーんと鳴っています。おとうさんとおかあさんのことを呼ぼうとしても、声も出ないのです。それどころか、頭が急にぐらぐらしてきて、そのままそこに倒れてしまいました。気がつくと、体育館の隅のマットに寝かされていました。だれかがかけてくれた毛布を、かたく握りしめています。遠い天井を眺めながら、ブドリは夢でも見ているような気持ちでした。

おとうさんは、山が町のまんなかに降りてくる寸前に、そこでぼうっとかたまっていた人たちを避難させたのでした。そして、ブドリの同級生の女の子を安全な石垣にのせたところで、折れた木にたたかれて泥に呑みこまれたそうでした。おかあさんはというと、寝たきりで動けないおばあさんが寝ているベッドにおおいかぶさるようにして死んでいる姿で見つかりました。やっぱり死んでいるおばあさんの右手を、しっかり握っていたと救助の人が教えてくれました。グスコーブドリには、さらわれてしまったけれどずっとあとになって会うことができた妹のネリがいました。でも、ブドリには妹も弟もいません。おとうさんとおかあさんがいなくなって、ひとりぽっちになったのです。

それから何日かたっても、ブドリはぼんやりしたままでした。おとうさんにたすけられた女の子の両親から、涙をながしてお礼を言われても、生きのびた他のおとなたちが、おとうさんとおかあさんの立派さを、やっぱり涙ながらに讃えてくれても、ぼんやりはとれません。静かでがらんとした野原で、薄緑の透きとおった蛍石《ほたるいし》そっくりの小さい明かりが遠くにちらちらする様子をじっと見ているような気がします。ブドリが暮らしていた家も、山のえじきになってしまいました。山津波から一週間たった晴れた日に、ブドリはようやく家がどうなったかたしかめに行くことができました。

形もなにもすっかりくずれた建物の、元はブドリの部屋の床だったあたりに、泥をかぶった鉱物標本がありました。きれいな鉱物が大好きなブドリのために、おとうさんが買ってくれたものです。どうしてか割れなかった表面のガラスの、泥をかぶっていないところから、たしかに蛍石がきらりとブドリを見つめました。ブドリは、標本のそばに落ちていた泥だらけでくしゃくしゃになった白い毛糸の靴下（おかあさんが、赤ん坊だったブドリのために編んでくれたものです）をにぎりしめたまま、大声で泣きました。

ブドリは、おとうさんの親友だった偉い博士の家で暮らすことになりました。死んだおとうさんにはお兄さんがいましたが、いばって暮らしている人なので、おとうさんとはほとんどつきあいがありません。おかあさんには妹がいましたが、三人の子どもを育てながらひとりで必死で働いているので、とうていブドリをひきとる余裕はなかったのです。それにひきかえ、偉い博士の家にはブドリは小さい頃からよく遊びに行っていて、どうかすると学校の休みじゅう泊まっていたのです。博士の研究室には天体望遠鏡や顕微鏡があって、冬の夜にはシリウスとベテルギウスとプロキオンが作る冬の大三角のきらめきが楽しめましたし、春には近くの透きとおった池の藻類をプレパラートにのせて飽きず見いることもできました。博士の家は森に囲まれた湖のほとりに建っていましたから、夏になればほんとうにたくさんの生きものたちにであうことができて、ブドリにとっては天国でした。

でも、もちろん、ひとりぽっちになってしまったばかりのブドリは、まわりを楽しく眺める気持ちにはなれません。水から出されたばかりの二枚貝のようにじっと閉じていました。偉い博士は、そんなブドリを気の毒そうに、温かくてやさしいまなざしで眺めて、そっとしておいてくれました。博士の奥さんも、そうです。そのうちに、やわらかな春の日ざしで花のつぼみが開くように、ブドリの気持ちも、やがてだんだんとおちついてきました。博士と奥さんには子どもがいませんでしたから、ほんとうの子どもができたようにブドリをかわいがってくれました。ブドリは、ふたりのやさしさに、夜寝床のなかで涙ぐみながら小さくお礼を言うことが何度もありました。

ただ、ひとつだけ、ブドリのからだのなかには、どうやっても溶けない頑固な疑問が氷になっていすわっていました。それは、立派というのはどういうことなんだろうという疑問でした。グスコーブドリは、たくさんのおとうさんやおかあさんが、たくさんのグスコーブドリやネリと一緒に楽しく暮らせるよう、立派に死にました。ブドリのおとうさんとおかあさんも、たくさんの人のこれからのさいわいのために、山に呑みこまれました。でも、どうしてもそうでなければならなかったのだろうか、とブドリはわからなくなるのです。おとうさんとおかあさんがいなくなって、ほんとうにつらいのです。だれにも聞かれないように、そっと、つらいつらい、ああ、ほんとうにぼくはつらいのだ、とつぶやくたびに、透きとおった光の帯がブドリをぐるぐる巻きにして、背筋をぞっとさせます。

ミヤザワケンジがよく読んでいたという、イタリアの古い童話で『こころ』という本を読んでみました。自分の命を投げだしておぼれた小さい子をたすけた子、おとなたちが戦争をしているまん中で、おとなの役に立つために弾にあたって死んだり、足をなくしたりした子（どれも男の子でした）が、何人もいました。どの子も、なにかおとなが立派だと言いたがる立派をなぞって死んでしまったようにブドリには思え、胸がしんと冷たくなるのでした。もちろん、死んでしまう子ばかりではなくて、遠く何千キロも離れた場所に働きにでかけたおかあさんをたずねて旅をするけなげな男の子の話もあったりしますが、そして、それも立派な美しい行いですが、どんなに旅をしてももうおかあさんには会えないブドリには、それこそ遠いお話にしか感じられません。

でも、『こころ』はそんな風に疑わしく眺められるから、まだいいのです。『グスコーブドリの伝記』の方は、ずっとずっとおそろしいのでした。どうしてそんなにおそろしいのか、少年のブドリにはうまく説明はできません。いいえ、全然説明できないと言ってしまうと、嘘になるかもしれません。なぜなら、はじめて『グスコーブドリの伝記』を読んだ時、お話の最後のところが少し腑《ふ》に落ちなかったからです。そこには、グスコーブドリがいのちを捨てて火山を爆発させたあと、三四日たつと気候がぐんぐん暖かくなり、秋はほぼ普通の作柄になりました、と書かれていました。そして、その冬は皆が暖かいたべものと、明るい薪《たきぎ》で楽しく暮すことができました、とも。

ブドリは理科の先生に聞いたことがあります。大きな火山が噴火すると、ものすごい量のちりが空に飛びひろがって、やがて寒くなることがあると言うのです。たしかに炭酸ガスもたくさん出ますが、それで暖かくなるとは限らないし、気候もずいぶんめちゃくちゃになるのだそうです。先生の言うことが正しいのなら、『グスコーブドリの伝記』の最後がほんとうだったのかどうか、よくわからなくなります。もしも、かえって寒くなったりしたら、グスコーブドリが青空のごみになったことも意味がなくなるのです。残されたネリは、きっとつらくて泣いたでしょう。たしかにだれかのしあわせのためにいのちをささげるのは立派なことでしょう。でも、そういうかなしくてさみしい立派をさせないようにに、どうにかすることはできないのでしょうか。そんな風に考えていると、また透きとおった光の帯がブドリに巻きついてきて、背筋をぞっとさせます。それだけではありません。ひきこまれてめまいがするような、夜空に真っ赤に映える噴火が美しいように美しいなにかが、ブドリに呼びかけてくるのです。ブドリは怖くなって、新しく買ってきた『グスコーブドリの伝記』を、博士が用意してくれた大きな本棚の見えない奥の方にしまいました。そして、学校の勉強に精をだすことにしました。それから、この世のどこかにいるとだいぶ前から気づいていたネネムと、どうにかして交信しようと決めました。

☆

ネネムのひいおじいさんは、ペンネンネンネンネン・ネネムといいました。ブドリが名前をもらったグスコーブドリと、最初の頃は瓜ふたつでした。ペンネンネンネンネン・ネネムのおとうさんである森の中の青ばけものも、やっぱりばけもののおかあさんも、飢饉の年にばけものの世界の天国に行ってしまいました。そして、ペンネンネンネンネン・ネネムの妹のマミミは、グスコーブドリの妹ネリのようにさらわれて行方知れずになりました。ふたりとも木の上で、パンをかじりながらつらい仕事を長い時間やりました。学問もしました。ただ、ペンネンネンネンネン・ネネムは、そのあとあっという間に出世をして、ばけもの世界の世界裁判長になったのでした。グスコーブドリがイーハトーブ火山局で皆のしあわせを願って地道に働いたのとは、少しちがっています。

ペンネンネンネンネン・ネネムは、名裁判長でした。ばけものは、みだりにばけもの世界を離れて人間界に出現してはいけない定めです。ペンネンネンネンネン・ネネムは、その法をおかしてしまった者たちに、ちょうどよいくらいの罰を加えましたし、なにより「フクジロ印のマッチ」事件という難事件を見事に裁いたのですから、評判はうなぎのぼりです。また、ばけもの大奇術師のテン・テンテンテン・テヂマアのところで助手をやらされていた妹のマミミにも再会できました。それで、ペンネンネンネンネン・ネネムはすっかり安心して、イーハトーブのサンムトリ山がガーン、ドロドロドロドロドロ、ノンノンノンノンと耳もやぶれるばかりに火を噴くのにあわせて踊りました。ところが、踊りに夢中になりすぎてしくじりました。うっかり人間界の方に足がそれて出現してしまったのです。名裁判長ですから、自分で自分を裁かないとなりません。辞職して、百日間ばけものの大学校の掃除をしました。ミヤザワケンジの『ペンネンネンネンネン・ネネムの伝記』はそこで終わっています。

でも、どんなお話にも、その後というものがあります。ばけものの大学校で掃除をしながらペンネンネンネンネン・ネネムは考えました。たしかに自分は慢心してしくじったのだけれど、そのしくじりのもとは、そもそもばけもの世界と人間世界に境界があるからだ、と思ったのです。ばけものが出現して人間が驚くということをやめさせるには、これはふたつの世界が一緒にならなくてはいけない。そう気づいたペンネンネンネンネン・ネネムは、掃除がすむとすぐさまその考えを実現できるよう、ばけものが人間をびっくりさせないための仕組みを研究しはじめました。そうして、人間をなだめる挨拶の仕方や正しく立派な化け方、うっかり人間をぱくりと食べてしまわない訓練、人間がばけものにびっくりしない薬など、実にどうもたいへんな発明をいくつもなしとげたのです。

こうしてたくさんのばけものたちが、人間世界にそれと知られることなく出現することができるようになりました。なにしろばけものというのは、ばけものというだけでもともとじっさい大したものですから、人間をびっくりさせずにいられれば、ずいぶんな発達ができるものです。なかにはよほどえらくなる者もでてきます。一匹のみじんこから、だんだん枝がついたり、足ができたりして発達してきて以来、ばけもの世界はずっと人間世界とは別々でした。それをくっつけたというのですから、ペンネンネンネンネン・ネネムは、ばけもの世界の大恩人です。実に立派な、ばけもののなかのばけものだ、という非常な評判で、世界裁判長だった頃の勲章をぜんぶとりもどしたうえに、その三倍も新しい勲章がふえました。そうして、とうとうばけもの世界長になりました。

やがて、ペンネンネンネンネン・ネネムがばけもの天国に行く時分には、ばけもの世界と人間世界はもうすっかりくっついていて、たいていのばけものは、ごく普通の人間よりもよほどえらくなっていました。人間の方も、なんだかそれでいいような気分になって、なかにはばけものとくっついてえらくなる者もたくさんでてきました。姿かたちも、どちらがばけものでどちらが人間でという風に見分けるのが、だんだんむずかしくなりました。ともかくもそんなわけで、大功労者の一族、ペンネンネンネンネン家に連なるばけものであれば、どんな木の切れ端でも、境目がなくなったふたつの世界の両方で、その尊敬のされ方といったら実に大したものでした。しかしネネムは、そのことがあんまり好きではありません。

ネネムは、生まれてすぐ、高級産院の一番上等な部屋のふわふわのベッドに寝かされました。すると、お日さまのどういう加減かはわかりませんが、そのベッドめがけて日ざしがぐんとのびてきました。そして、きらきらの光の柱が、もにゃもにゃ口を動かしながら寝ているネネムの顔のうえに、しっかり立ちあがったのです。ネネムはまぶしそうな顔つきをしながら、にっこり笑いました。まわりでみていたおとなばけものたちは、みな口々に、これはペンネンネンネンネン・ネネムさまの再来ではないかとさわぎました。そんなわけで、一族ではそれまでだれも遠慮してつけなかったひいおじいさんの名をもらったのでありました。

今にひいおじいさんのようにたいへんなご発達をお遂げになりますよ、それはあなた、まちがいないことでしょうが、いやあ、ばけもの世界にとってなんてしあわせなことでしょう、なんてことばかりいわれてごらんなさい。まったくめんどうな話です。それでネネムは、顔ではにこにこ笑っておじぎをしながら、言われたことをすぐさまそのへんの石ころのかげにそっと捨てるやり方を編みだしました。といって、そういう言葉はオナモミの実のようにしつこくくっつくので、ぜんぶがぜんぶ取りきれません。ネネムはすっかりいやになってしまいました。

第一、ひいおじいさんの立派とは、この頃の立派はずいぶんちがっている気がしてなりません。ひいおじいさんが解決した、「フクジロ印のマッチ」・実にいやな・事件などを思うと、なおさらです。子どものようなのに怖い顔のフクジロが、マッチを押し売りしていたので捕まえると、悪いのは自分でなくて、そうしろと命じていた黒い硬いばけものの親方だといいます。それで、黒いばけものを捕まえると、そのばけものも自分はあくびをしている親方に命じられただけだと口をぱくぱくするので、そいつを捕まえると、今度は、むこうの電信柱の下で居ねむりをしているばけものが命じているんだと言い張ります。仕方なしに順ぐりに捕まえると、そもそものはじまりは、緑色のハイカラなばけものが百二十年前にまっ赤なハイカラなばけものに貸した九円が、利息で積もり積もって五千何円になっていることだとわかったのでした。それで、ネネムのひいおじいさんのペンネンネンネンネン・ネネムは、利息の取り立てで順ぐりにたまった悪いことを、ぜんぶいっぺんにやめさせて解決したのです。

ところが今はどうでしょう。いつのまにか、利息の取り立てどころか利息の大建築をするばけものが一番えらいのだという考えが流行です。そういう考えのひとは、そもそもあくびや居ねむりをしながら利息の取り立てだけをするなどという、世界がなめくじだった頃の遺風がいけないのであって、真剣勝負で食うか食われるかどきどきしながら大建築をするのは、むしろ世界を大いに発達させるには欠かせないというのです。フゥフィーボー大博士の孫のいとこでばけもの発達学の権威クィクゥーボー博士は、その考えをもとに『ばけもの進化の法則』という本を書いて大評判をとったほどです。そのうえ、テン・テンテンテン・テヂマア直伝のばけもの奇術を数学に応用して、なにもない空中からお金を生みだす方法を発見した天才ばけもの学者があらわれるなど、ばけもの世界の立派はすっかり様変わりです。

そのほかにも、弱いばけものを保護するために強いばけものの栄養がけずられるのはそもそもおかしいとか、ばけもの世界は人間世界と一緒になる前からもともと立派だったのであって、みじんこからばけもの世界ができたという風な歴史的妄言はこれを取り締まるべきだと主張する歴史学者が拍手喝采されたりとか、実にもう威勢のいい意見が交わされています。電子網が発達したことで、あたりまえの人間もちょっとしたばけもの並みの能力を身につけられるようになったので、いっそう世界はにぎやかです。

これがペンネンネンネンネン・ネネムひいおじいさんの望んでいたことなのか、のんびり静かなことが好きなネネムにはよくわかりません。といって、おとうさんとおかあさんから、おまえには立派になる運命があると言われてしまうと、ぼくは立派なんてごめんです、とがっかりさせるのはむずかしいのです。たいそう困ったネネムは、立派になるというのでなく、といって立派でなくなるというのでない方法をひそかにさがすべく、一所懸命研究にはげみました。

そんな時、ブドリからの信号を受けとったのです。ネネムもブドリが世界のどこかにいるだろうということは、うすうす気づいていました。それで、電子網のいくつもある広場に旗を立てて、ブドリに連絡をとることにしたのでした。

☆

ブドリとネネムは、知りあうことができてたいへんほっとしました。立派について困っていることは同じでも、同じように困っているわけではないのですが、それは同じ星座を地球の北半球と南半球で眺めているのと似ていました。たがいにすぐにそのことがわかったので、お医者に病気を説明するような手間はいらなかったのです。それで、どきどきする心臓がうまく溶けてなくなったようにふたりとも安心しました。安心したブドリは、旅にでることにしました。おとうさんとおかあさんがいなくなって以来、ほんとうに親切にブドリの面倒を見てくれた博士夫妻はとてもさみしそうでしたが、ブドリは毎日電子写真を送りますと約束して笑顔になってもらいました。ネネムも一緒に旅に出たかったのですが、ブドリの迷惑になるので残念ながらやめました。なにしろ、ネネムがでかけるとなると、ばけもの飛行機の特等席に乗らなければなりませんし、行く先々で世話係があらわれるのでうるさくてしょうがないのです。でも、ブドリがネネムの目になってくれるので、我慢することにしました。

ブドリは、風でころころ転がる回転草そっくりに、この世界のあちこちを行き当たりばったり旅しました。立派とさいわいの結びつきを、いろいろ眺めてみたかったのです。むしむし暑い国では、大きな街中から運びこまれるごみの山でごみ拾いをして暮らしている子どもたちと、仲良くなりました。その子どもたちのおとうさんやおかあさんが子どもだった頃、この国ではたくさんのおとなが殺されました。ある人が国を支配して、立派とさいわいをひとつに限りました。それで、そのほかの立派やさいわいを信じていたり、実際に行っていたりした人たちが、ずいぶん死ななければならなかったのです。そのあと、この国の立派とさいわいは、またひとつではなくなりました。でも、一度めちゃめちゃになってしまった国は、なかなか元には戻りません。

ごみの山に近寄ると、あんまりくさくて気を失いそうになります。手や足に刺さるあぶないものもたくさん転がっています。そこでごみを拾って売っている子どもたちは、ご飯は少ないし学校にもろくに行けません。はがねのように硬い目をしていたり、ずっと下をむいていたりする子が多いのですが、それでも時々にっこりすることもあるのです。そもそも、学校の先生があんまりいないので、学校はあっても役に立たないことが多いのでした。病気も多くて、小さな子の姿が何日か見えないなあと思っていると、天国に行ってしまっていたりします。あんまり切ないので、えらいばけものに知りあいがたくさんいるネネムに頼んで、薬をどっさり送ってもらいました。といって、それでさいわいが訪れるかというと、やっぱりまるでわからないのです。

ブドリは、ごみの山のにおいが届かない木陰で、子どもたちに算数の学校をひらきました。算数ならことばがあまりよく通じなくても、教えることができると思ったからです。それに、ブドリは算数も数学も大好きで得意でした。紙や鉛筆がないので土をひっかいたり、木の板に白墨で書いたりして暗算の方法を教えます。ブドリは、五桁《けた》の数字を暗算で簡単にかけたりわったりできましたから、そういうことを教えました。子どもたちは、ブドリの口や、土を枝でひっかいて数を書く手の動きを、目をきらきらぽかんと見開いて見つめます。そうして、ブドリが書いた問題が解けると、はねあがってよろこぶのでした。そんな時は、ブドリも一緒にはねまわります。そうしてはねまわっているあいだは、さいわいかどうかという風なむずかしいことを考えずにすませられました。

ブドリが教えた子どもたちの幾人かが、算数の力を認められて上級の学校に入れた、と、すごく乾いた別の国を旅している時に、風の便りに聞きました。ブドリは、うれしくて泣きそうになりました。その乾いた国にも、ちょっと前まで戦争が起きていました。乾いた砂漠には、せいぜいパイナップルの缶詰くらいの大きさなのにひどくこわい爆弾がたくさん埋まっています。子どもがその爆弾を踏んで死んだり、手足をなくしたりします。薄ひげを生やして、ちりちりの髪をのばした青年が、風を受けて転がる回転草にそっくりの道具を作って、子どもの代わりに爆弾を踏ませようとしていました。ちょうど回転草のようにその国に転がってきたブドリは、青年を手伝うことにしました。ここでもネネムに頼んで、便利な機械や部品を送ってもらいました。砂漠の風の中で転がったりとまったり、爆弾にぼんとふきとばされたりする、金属とプラスチックでできたその回転草を眺めていると、どうしてかおとうさんとおかあさんがいなくなったあとのあの感じを思いだすのです。薄緑の透きとおった蛍石そっくりの小さい明かりが、遠くにちらちらする様子をじっと見ているような、あの感じです。

ブドリは、風まかせで爆弾を踏みつけるやり方が、すっかり気に入りました。それで、乾いた国から別の国に行っても、同じようにやろうと考えたのです。その国も、やっぱり戦争がしじゅうあって、爆弾があちこちに残って悪さをするのでした。ただ、砂で平らだった乾いた国とはちがって、そこはこぶこぶの木がけっこう生えていたり、草も短いのや長いのがあるので、回転草では具合がよくありません。いろいろ考えをめぐらせたブドリは、風を受けてゆっくり歩く、足がたくさん生えた装置を作っている芸術家がいたのを思いだしました。それで、足がいっぱいある背の高い装置を作ったのです。うまいことに、その国の野原は空の方にむけてはひろびろとすいているので、風を受ける帆布をたくさんとりつけた背が高い機械でも、大丈夫なのです。百足《むかで》キリンと言いたくなるその装置は、帆をはためかせながらゆったりゆったり草原を歩きます。なかなか倒れないようにうまく作ったので、爆弾でいくつか足がふきとんでしまっても、よろけながらやっぱりゆったりゆったり歩きます。そうしてやがて、のめりこむように地面に倒れ、あとは風が吹くと帆だけが手をふるようにばったりばったりはためきます。

ブドリは、だんだん有名になりました。あちこちの国で、そういうものを作ってほしいと頼まれるようになりました。暗算を教えたむしむし暑い国にもあらためてでかけて、ここでは小さな鹿くらいの機械を作りました。なぜなら、ここは木が生えると枝が横にひろがっていくので、空にそんなに余裕がありません。それで、ブドリはがんばって工夫をして、小ぶりな帆でもきちんとしっかり動く百足鹿を発明しました。百頭ほども作った頃、ネネムがひょっこりたずねてきました。ネネムはネネムで、立派になるための勉強をたくさんして、地位のあるばけものや人間たちに、さすがペンネンネンネンネン・ネネムのひまごだと評判されるようになっていました。ブドリのところに来たのも、きれいな水がこほんこほんとわく井戸をたくさん作ったり、屋根のある学校を作ったりするためのお金をえらい人たちが出したくなるような、そういう調査をしにきたのでした。

ブドリが旅にでて以来、ふたりが会うのははじめてでした。ネネムはブドリの両手をしっかりにぎって、にっこり笑いました。ブドリもなつかしそうに笑います。そして、ネネムの調査が終わった翌日、空が雲ひとつなく薄青いトルマリンみたいに晴れたので（こんなことは、実にまれです）、ブドリは作ったたくさんの百足鹿を、職人さんたちに頼んで広い野原に運んでもらいました。そこは、爆弾がとりわけ多いので危険な野原でした。ブドリはネネムにも手伝ってもらい、風の向きを読んで百足鹿をつぎつぎに野原に放しました。いくつもの小さい帆をはためかせ、鹿は野原を進んでいきます。そのうちあちらこちらで、ぽぽん、ぽん、ぽん、ぽぽぽんという爆発音が響き、鹿たちがはねあがったりよろけたりたたらを踏んだりしはじめました。でも、ブドリの設計がしっかりしているので、倒れたままになってしまうものは少ないのです。ブドリとネネムは、並んで立って、透きとおった深い目で、鹿たちが日の光で白く輝きながら先へ先へと歩くのを、いつまでも眺めていました。

☆

しばらくして、ブドリは旅を終わらせました。育ててくれた博士夫妻に挨拶をすると、数学や生物学に熱心にうちこみました。何年かがんばってブドリは博士になると、だれもがおどろくような発明をいくつもなしとげました。ネネムも、いまでは若いのにどうしてたいしたもんだ、さすがペンネンネンネンネン一族はちがうもんだ、と賞賛される政治家になりました。そうしてブドリの研究のためにずいぶん力になってやりました。ブドリはずんずん頭がまわるようになって、他の博士たちが何カ月かかってもその仕組みのぜんぶを理解できないような複雑な数式を、楽々と考えだせるようになりました。そして、その数式と実際の生きものの仕組みを組み合わせて、病気やからだの不具合を退治する薬を作れるようになったのです。世界中のみなが拍手喝采して、ブドリを讃えました。

ブドリはもう、立派について悩まなくなっていました。できないことはなにもない、グスコーブドリのように、いのちをささげなくとも、いくらでも人々をしあわせにできると、そんな気分で有頂天でした。だんだんからだも肥り、声もたいへん重くなりました。ネネムは、そういうブドリを見ていると、えらくなって藁《わら》のオムレツを食べ飽きて、踊りを踊っているうちに足が悪い方にそれたひいおじいさんのネネムのことをちょっと思いだし、不安になったのです。困ったことに、そういう悪い予感はあたるものです。ある日ブドリから、大至急研究所に来てもらいたい、という連絡がありました。なんだかぶっそうな感じの口調だったので、ネネムは痛いくらい胸をどきどきさせて駆けつけました。すると、げっそり頬がこけて紙のように真っ白な顔をしたブドリが、ネネムと顔をあわせるなり、静かにこう言うのです。

——ぼくは、どうもたいへんなしくじりをしてしまった。

ブドリは、これまで考えだしてきた方程式など積み木遊びにしか思えないほどのものを、とうとう考えついたのでした。ブドリ以外の博士がやっても、それを生みだすには、銀河に列車ででかけて戻ってくるほども時間がかかってしまうでしょう。ところが、その式を使うのはほんとうに簡単なのです。規則に従って係数を変えていき、すてきに単純な整数を代入していくだけで、どういう風に生きものの遺伝子のかけらを組み合わせればよいのか、そのやり方がわかります。電子機械に画像の規則を教えこんでおけば、その式をきれいな動く絵模型で眺めることもできます。これさえあれば、この世にこれまでいなかった小さな生きものを、失敗なしに生みだせるのでした。

ただ、大きな厄介ごとがありました。生まれてしまう新しい生きものが、世界に住んでいる人たちのさいわいだけに役立つとは限らないことがそれでした。いや、それどころか、ブドリが計算したところでは、みんなをよろこばせるものとちょうど同じくらい、みんなをかなしくつらくさせるものも生まれてきてしまいます。自分がとてもすごいことをやったと思う一方で、これはたいへんな式を考えてしまった、とブドリは少しひるみました。なぜなら、みんなをかなしくつらくさせることが、どういうわけか好きなばけものがこの世にたくさんいるのは、骨身にしみていたからです。それで、頑丈な暗号の鍵を作って、その式の害を取り除ける式を考えつくまで、しっかりしまっておくようにしたのです。

ところがどうしたことでしょう。電子網のすきまからするりと忍びこんできた泥棒に、鍵をこじあけられて式を盗まれてしまったのでした。気がついた時には、もういろいろな連中が式を写しとって自分のものみたいな顔をしています。式につけてあったシグナルは、式を写すと自動でくっついていくので、どのくらい写されたか調べればわかるのです。ブドリは、その多さにがーんと頭をなぐられたような気がしました。係数は別のところにしまってあって無事でしたが、なにしろ使うのは簡単な式ですから、すぐにみんなは係数のくっつけ方を探しだして、好き勝手ができるようになるはずです。

——これはもう、どうしてもぼくが式を急いでこわさなくっちゃあいけない。

ブドリは、金剛石の決心でそう言います。

——だけど、どうやって？

と、ネネム。

——壊し虫を作って、式がある場所をぜんぶ破裂させるんだ。

——そんなことをしたら……

と、今度はネネムが青くなりました。政治家ですから、世界中がものすごい騒ぎになると、わけなくわかります。式を写して持っている連中には、きっとたいそうな勢力家が幾人もいることでしょう。もともとは盗まれた方なのに、ブドリはひどく責められるでしょう。牢屋に行かねばならないかもしれません。

——君の言いたいことはよくわかるよ。でもね、やっぱりこれは正々堂々じゃない形でやらなければいけないんだ。みんなが、どうするのが一番正しいとか、いや正しくないとか言いだす前にね。それで、君には申し訳ないけれど、わずかでもいいので後始末をしてもらいたい。破裂でだれかが死んでしまうようなことは絶対にしないつもりだけど、それでもひどい目にあわせることにはかわりないんだから。

——だって、君はこんなにも立派にやってきたのに。

——立派は、やっぱりどうも、ぼくには無理だ。まさか、ぼく自身の中に悪い方角があったなんて、思いもしなかったよ。

ブドリは、さみしく微笑みました。

——さようなら。たぶん、もう会えないね。今までほんとうにありがとう。

ネネムは、そんなの放っておいてもいいじゃないか、つらくかなしいことを生みだしたのは君がはじめてではないし、最後でもない。と、そう言いたかったのでした。でも、言えませんでした。涙だけが、しずかに頬を流れ落ちました。

ネネムがとぼとぼ研究所をあとにしてすぐ、世界のいたるところで電子のたいへんな不具合が発生しました。とりわけひどい目にあったのは、えらい人たちでした。病院や発電所やその他の、みんなのいのちにかかわるような場所は無事でした。すぐに犯人がブドリだとわかり、世界中のえらい人たちは自分の悪いことにはいろいろ理屈をつけてごまかして、ブドリを思いきりののしりました。ブドリはというと、破裂が起きた翌朝には研究所を出て、行方知れずになりました。

ネネムは、ブドリに頼まれたので、いろいろ後始末をしました。もっとも、ひどい目にあったと大騒ぎするえらい人やばけものたちが満足するような弁償なんてごめんですから、ほどほどにしました。それから、ネネムも政治家をやめました。りんご作りになったのです。きれいにむいた皮が、すうっと灰色に光って蒸発してしまって、食べてしばらくすると毛穴からも香りが漂う、ブドリが好きだったそんなりんごを畑で作りながら、ネネムはいつかブドリが帰ってきたら、ふたりで野原にすわって、最高の知恵とさいわいを手にしたように、しゃくしゃくとりんごをほおばりたいと、毎日夕日を眺めるのでした。

おや、君、川に入っちゃいけないったら。

使用した本の一覧　＊印は新刊での入手が難しいもの

たすけて、おとうさん

カルロ・コッローディ『新訳 ピノッキオの冒険』（大岡玲訳、角川文庫、二〇〇三年＊）

ちんちんかゆかゆ

太宰治「トカトントン」（『ヴィヨンの妻』、新潮文庫、一九五〇年に収録）

蒔く人

サン＝テグジュペリ『星の王子さま』（内藤濯訳、オリジナル版、岩波書店、二〇〇〇年／河野万里子訳、新潮文庫、二〇〇六年ほか）

悪魔はだれだ？

トルストイ「イワンのばか」（中村白葉訳『トルストイ民話集 イワンのばか 他八篇』、岩波文庫、一九六六年）

淫らと筋トレ

モーム『月と六ペンス』（土屋政雄訳、光文社古典新訳文庫、二〇〇八年／厨川圭子訳、角川文庫、二〇〇九年／行方昭夫訳、岩波文庫、二〇一〇年ほか）

もちづきのかけたることも

紫式部『源氏物語』（岩波文庫全六巻、一九六五〜六七年。現代語訳は多数あり）

負けるようには創られていない

ヘミングウェイ『老人と海』（福田恆存訳、新潮文庫、二〇〇三年／小川高義訳、光文社古典新訳文庫、二〇一四年ほか）

うそつきは何の始まり？

トーマス・マン『詐欺師フェーリクス・クルルの告白』（岸美光訳、光文社古典新訳文庫、二〇一一年）

硬くてきれいで無慈悲で
カフカ『変身』（丘沢静也訳『変身／掟の前で 他2編』、光文社古典新訳文庫、二〇〇七年）

男の子じゃなくても
ガルシア＝マルケス『エレンディラ』（鼓直訳「無垢なエレンディラと無情な祖母の信じがたい悲惨の物語」『エレンディラ』、サンリオ文庫、一九八三年＊）

食べる？　食べられる？

魯迅『狂人日記』（藤井省三訳『故郷／阿Q正伝』、光文社古典新訳文庫、二〇〇九年）

ブドリとネネム
『宮沢賢治全集』全10冊セット（ちくま文庫、一九八五〜九五年）

大岡玲（おおおか　あきら）
一九五八年、東京生まれ。作家、東京経済大学教授。主な著作は『黄昏のストーム・シーディング』（芥川賞）、『不作法になり切れない人のための五つの短篇』『ヒ・ノ・マ・ル』『ブラック・マジック』『本に訊け！』、訳書に『ピノッキオの冒険』など。

＊初出＝『こころ』Vol. 12～23
（二〇一三年四月～二〇一五年二月）
「男の子の風景」を改題

たすけて、おとうさん

二〇一五年七月二一日　初版第一刷発行

著者　大岡玲
発行者　西田裕一
発行所　株式会社平凡社
〒一〇一-〇〇五一　東京都千代田区神田神保町三-二九
電話〇三-三二三〇-六五八三〔編集〕
〇三-三二三〇-六五七二〔営業〕
振替〇〇一八〇-〇-二九六三九
印刷　藤原印刷株式会社
製本　大口製本印刷株式会社
DTP　平凡社制作

ISBN978-4-582-83691-2
NDC分類番号913.6　四六判（19.4cm）　総ページ256
平凡社ホームページ　http://www.heibonsha.co.jp/